CB129331

Uma carta tão longa

Mariama Bâ

Uma carta tão longa

TRADUÇÃO E NOTAS

Marina Bueno de Carvalho

jandaíra

Copyright © N.E.A.S, 1981
Copyright © Mariama Bâ, 1981

Título original
Une si longue lettre

Todos os direitos reservados à Editora Jandaíra e protegidos pela Lei 9.610, de 19.2.1998. É proibida a reprodução total ou parcial sem a expressa anuência da editora.
Este livro foi revisado segundo o Novo Acordo Ortográfico da Língua Portuguesa.

DIREÇÃO EDITORIAL E REVISÃO DA TRADUÇÃO
Lizandra Magon de Almeida

ASSISTÊNCIA EDITORIAL
Maria Ferreira

PREPARAÇÃO DE TEXTO
Luciano Loprete

REVISÃO
Cristina Fernandes

PROJETO GRÁFICO E DIAGRAMAÇÃO
Adriana Moreno

NOTAS EXPLICATIVAS DO ORIGINAL (N.O.) E DA TRADUTORA (N,T.)

DADOS INTERNACIONAIS DE CATALOGAÇÃO NA PUBLICAÇÃO (CIP)
(CÂMARA BRASILEIRA DO LIVRO, SP, BRASIL)

Bâ, Mariama
Uma carta tão longa / Mariama Bâ; tradução Marina Bueno de Carvalho. – 1.ed. – São Paulo: Editora Jandaíra, 2023.

Título original: Une si longue lettre
ISBN 978-65-5094-048-5

1. Romance autobiográfico francês 2. Romance senegalês (Francês) I. Título.
23-159224 CDD-843

Índices para catálogo sistemático:
1. Romances: Literatura senegalesa em francês843
Aline Graziele Benitez - Bibliotecária - CRB-1/3129

jandaíra

Rua Vergueiro, 2087 cj. 306 • 04101-000 • São Paulo, SP
11 3062-7909
editorajandaira.com.br
Editora Jandaíra
@editorajandaira

Dedicatória

A Abibatou Niang, mulher
de virtude e de rigor com quem
compartilho minhas emoções.

A Annette d' Erneville, mulher
de cabeça e de coração.

A todas as mulheres e aos
homens de boa vontade.

1

Aïssatou,

Recebi sua carta. Para tentar responder, abro este caderno, um amparo em minha angústia: nossa longa correspondência me ensinou que as confidências aliviam a dor.

Sua presença em minha vida não é por acaso. Nossas avós, cujas concessões[1] eram separadas por uma *tapade*,[2] trocavam mensagens diariamente. Nossas mães disputavam o cuidado de nossos tios e tias. Quanto a nós, gastamos roupas e sapatos sobre o mesmo caminho de cascalho para a escola corânica. Nós enterramos, nos mesmos buracos, nossos dentes de leite implorando à Fada do Dente[3] que os devolvesse mais belos.

1 N.T.: Terreno de dimensão relativa que abriga várias casas de pessoas de uma mesma família, liderada por um patriarca.

2 N.T.: Espécie de cerca de pau-a-pique que separa concessões.

3 N.T.: No original, Fée-Souris, que em tradução literal seria Fada-Rato. Equivale à Fada do Dente ocidental.

Se os sonhos morrem com o passar dos anos e da realidade, eu guardo intactas minhas lembranças, sal de minha memória.

Eu a invoco. O passado renasce com seu cortejo de emoções. Fecho os olhos. Fluxo de sensações: calor e deslumbramento, as fogueiras; a manga verde apimentada, mordida por nós em roda, é uma delícia em nossas bocas gulosas. Fecho os olhos. Fluxo de imagens: o rosto ocre de sua mãe constelado de gotículas de suor, na porta da cozinha; a procissão barulhenta de meninas voltando da fonte, encharcadas.

O mesmo percurso nos conduziu da adolescência à maturidade, momento em que o passado fecunda o presente.

Amiga, amiga, amiga! Chamo você três vezes.[4] Ontem, você se divorciou. Hoje, estou viúva.

Modou morreu. Como lhe contar? Não se marca um encontro com o destino. O destino toma quem quer, quando quer. Quando segue no mesmo sentido dos nossos desejos, o destino nos traz a plenitude. Mas, com maior frequência, ele desequilibra e atropela. Assim, sofremos. Recebi como um golpe o telefonema que mudou minha vida.

Táxi! Rápido! Mais rápido! Minha garganta seca. No meu peito, uma bola imóvel. Rápido! Mais rápido! Enfim, o hospital! Os odores das supurações e do éter misturados. Hospital! Rostos tensos, uma escolta lacrimejante de pessoas conhecidas ou desconhecidas, testemunhas involuntárias da tragédia atroz. Um longo corredor que se alonga cada vez mais. No final do corredor, um quarto. Dentro do quarto, um leito. Sobre esse

4 N.O.: Chamamento que demonstra gravidade no assunto a ser abordado.

leito, Modou estendido, já separado do mundo dos vivos por um lençol branco que o cobre inteiramente. Uma mão trêmula avança e descobre o corpo, lentamente. Na desarrumação de uma camisa azul com listras finas, o peito peludo aparece para sempre tranquilo. O rosto rígido na dor e na surpresa é bem seu, são bem suas também as entradas na testa calva e a boca entreaberta. Quero segurar sua mão. Mas me afastam. Escuto Mawdo, seu amigo médico, me explicar: infarto fulminante em seu escritório enquanto ditava uma carta. A secretária teve a presença de espírito de me ligar. Mawdo reconta sua chegada tardia com a ambulância. Eu penso: "O médico após a morte". Ele imita a massagem cardíaca efetuada assim como o inútil boca a boca. Penso ainda: massagem cardíaca, boca a boca, armas irrisórias diante da vontade divina.

Ouço palavras que criam, ao redor de mim, uma atmosfera nova que me envolve, estrangeira e crucificada. A morte, passagem tênue entre dois mundos opostos, um tumultuado e o outro paralisado.

Onde me apoiar? A velhice tem suas exigências de dignidade. Eu me agarro ao meu terço.[5] Passo os dedos pelas contas com ardor, permanecendo em pé sobre as pernas bambas. Minhas entranhas pulsam na cadência do parto.

Passagens de minha vida jorram inesperadamente de meus pensamentos, versos grandiloquentes do Corão, letras de canções nobres de consolo disputam minha atenção.

5 N.T.: No original, a autora usa o termo *chapelet*, que pode ser traduzido por terço ou rosário. Na cultura muçulmana, chama-se *masbaha*.

Milagre alegre do nascimento, milagre tenebroso da morte. Entre os dois, uma vida, um destino, diz Mawdo Bâ.

Olho fixamente para Mawdo. Ele me parece maior do que de costume em sua camisa branca. Eu o acho magro. Seus olhos avermelhados demonstram os quarenta anos de amizade. Aprecio a beleza de suas mãos de raça,[6] de uma delicadeza absoluta, mãos ágeis, habituadas a despistar o mal. Mãos movidas pela amizade e por uma ciência rigorosa que não foram capazes de salvar o amigo.

6 N.T.: No original, a autora escolheu o termo *racée*, que se refere à sociedade de castas no Senegal.

2

Modou Fall morreu de fato, Aïssatou. Como evidência, o desfile ininterrupto de homens e mulheres que "ouviram falar", os gritos e choros que me rodeiam. Essa situação de extrema tensão aguça minha dor e persiste até o dia seguinte, dia do enterro.

Um mar fervilhante de gente vinda de todas as regiões do país para onde a rádio levou a notícia.

As mulheres, parentes próximas, se apressam. Elas devem levar ao hospital, para o banho mortuário, incenso, água de colônia e algodão. São cuidadosamente colocados em um cesto novo os sete metros de percal branco, única vestimenta autorizada a um morto muçulmano. O *Zem-Zem*, água milagrosa vinda dos Lugares Sagrados do Islã, religiosamente conservado em cada família, não foi esquecido. Nós escolhemos os tecidos ricos e escuros para cobrir Modou.

Com as costas apoiadas em almofadas, os joelhos esticados e a cabeça coberta por um tecido negro, vou acompanhando as idas e vindas. À minha frente, uma peneira de palha nova, comprada para a ocasião, recebe as primeiras doações. A presença da coesposa[7] ao meu lado me irrita. Instalaram-na em minha casa, conforme a tradição, para os funerais. A cada hora que passa, seu rosto fica mais encovado, as olheiras aumentam, revelando olhos imensos e bonitos que se fecham e se abrem em seus segredos; arrependimentos, talvez. No tempo do riso e da despreocupação, no tempo do amor, a tristeza agora pesa sobre esta criança.

Enquanto os homens, em uma longa fila heterogênea de carros oficiais e particulares, de ônibus velozes, de caminhonetes e bicicletas motorizadas, conduzem Modou à sua última morada (muito se falará da multidão que acompanhou o cortejo fúnebre), nossas cunhadas nos despenteiam. Somos colocadas, minha coesposa e eu, em uma tenda provisória feita de um tecido estendido acima de nossas cabeças. Enquanto nossas cunhadas trabalham, as mulheres presentes, encarregadas da operação, se levantam e jogam moedas em cima da tenda para afastar a má sorte.

Este é o momento temido por toda mulher senegalesa, momento em que ela sacrifica seus bens como presente à família de seu esposo e, pior ainda, além dos bens, ela amputa sua própria personalidade, sua dignidade, tornando-se uma coisa a serviço do homem que a desposa, do avô, da avó, do

7 N.T.: No Islamismo, um homem pode ter até quatro esposas. As esposas se tratam como coesposas ou rivais. A primeira mulher a se casar com um homem é a primeira-esposa, em seguida, segunda-esposa e assim sucessivamente.

pai, da mãe, do irmão, da irmã, do tio, da tia, dos primos, das primas, dos amigos desse homem. Sua conduta é condicionada: uma cunhada não toca a cabeça de uma esposa avarenta, infiel ou pouco hospitaleira.

Quanto a nós, fomos merecedoras e nossos elogios são cantados em coro, em voz alta. Nossa paciência a toda prova, a grandeza de nosso coração; a frequência de nossos presentes encontra sua justificativa e sua recompensa nesse dia. Nossas cunhadas tratam da mesma forma meus trinta anos de vida conjugal e os cinco anos dela. Elas celebram com a mesma facilidade e as mesmas palavras doze e três nascimentos. Eu noto, irritada, que esse nivelamento agrada a segunda-sogra de Modou.

Após terem lavado as mãos na água de uma bacia colocada na entrada da casa, os homens vindos do cemitério desfilam diante da família reunida ao nosso redor, as viúvas. Eles prestam suas condolências, pontuadas de elogios ao morto.

— Modou, amigo dos jovens e dos velhos...

— Modou, coração de leão, defensor do oprimido...

— Modou, tão bem-vestido em um terno quanto em um cáftã...

— Modou, bom irmão, bom marido, bom muçulmano...

— Que Deus o perdoe...

— Que lamente sua jornada terrena diante da sua felicidade celeste...

— Que a terra lhe seja leve!

Estão presentes seus companheiros de brincadeiras de infância, aqueles que corriam em volta da bola ou que caçavam passarinhos com estilingues. Estão presentes seus colegas de escola. Estão presentes seus companheiros de lutas sindicais.

Os "*Siguil ndigalé*"[8] continuam, mordazes, enquanto mãos ligeiras distribuem biscoitos, bombons, a bebida de cola preparada com sabedoria, primeiras oferendas aos céus para o descanso da alma do falecido.

8 N.O.: Condolência que contém um desejo de recuperação moral.

3

Terceiro dia. Mesmas idas e vindas de amigos, parentes, pobres e desconhecidos. O nome do falecido, por ser popular, mobilizou uma multidão ruidosa que é acolhida em minha casa, despojada de tudo o que poderia ser roubado, de tudo o que poderia ser quebrado. Esteiras de todos os tipos são instaladas por todos os cantos. As cadeiras de ferro alugadas para a ocasião ficam azuis ao sol.

Em tom crescente e reconfortante, lê-se o Corão; canções divinas, recomendações celestiais, impressionantes promessas de castigo ou de delícias, exortações ao bem, aviso contra o mal, exaltação de humildade, de fé. Arrepios percorrem meu corpo. Minhas lágrimas caem e minha voz se junta fracamente aos "Amém" fervorosos que mobilizam com ardor a multidão, na leitura de cada versículo.

O cheiro do *lakh*[9] que esfria nas cabaças flutua, excitante.

9 N.O.: Prato senegalês à base de pequenos grãos (semolina, trigo, arroz) misturados grosseiramente, cozidos em água e servidos com coalhada.

E desfilam também grandes bacias de arroz vermelho ou branco, cozidos em casa ou em casas vizinhas. Em copos de plástico, servimos suco de frutas, água e iogurte gelado. O grupo de homens come em silêncio. Talvez tenham na memória o corpo rígido, atado, descido por seus cuidados ao buraco aberto e rapidamente fechado.

Junto às mulheres, nada além de ruídos: risos sonoros, vozes altas, bater de palmas, exclamações estridentes. As amigas, que não se viam há muito tempo, se abraçam com algazarra. Umas falam do tecido mais recente lançado no mercado. Outras contam a marca de suas roupas. Transmitem-se as últimas fofocas. Elas gargalham, viram os olhos e admiram o *boubou*[10] da vizinha, sua maneira especial de decorar as mãos e os pés com *henna* traçando neles figuras geométricas.

De tempos em tempos, uma voz viril exasperada avisa, redefinindo o encontro: estamos em uma cerimônia de redenção de uma alma. A voz é rapidamente esquecida e o burburinho retorna, mais forte.

À noite, chega a fase mais devastadora do terceiro dia dessa cerimônia. Mais pessoas, mais agitação para melhor ver e ouvir. Os grupos são formados por afinidade, por consanguinidade, por bairro, por empresa. Cada grupo exibe sua arrecadação em dinheiro. Antigamente, essa ajuda era dada *in natura*: cereais, reses, arroz, farinha, óleo, açúcar, leite. Hoje, ela se expressa ostensivamente em dinheiro e ninguém quer dar menos que o outro. Estranha manifestação de um senti-

10 N.T.: Tipo de roupa usada por mulheres no Norte da África.

mento interior incalculável, convertido em francos! Eu penso ainda: quantos mortos poderiam ter sobrevivido se, antes de organizar banquetes em seus funerais, parentes ou amigos tivessem comprado o necessário para salvá-lo, ou pagado sua hospitalização.

As somas são registradas minuciosamente. São uma dívida a ser paga em idênticas circunstâncias. Os parentes de Modou abrem um caderno. A segunda-sogra (de Modou) e sua filha seguram um caderno. Fatim, minha irmã mais nova, anota cuidadosamente a lista de minhas entradas em um bloco de notas.

Nascida em uma grande família da cidade, com conhecidos em todas as camadas sociais, professora que mantém relações amistosas com os pais dos alunos, companheira de Modou por trinta anos, eu recebo as maiores somas e muitos envelopes. A atenção a mim dedicada me valoriza aos olhos dos outros, o que deixa a segunda-sogra enciumada. Recém-entrada na burguesia citadina por meio do casamento da filha, ela também recebe dinheiro. Quanto à filha, muda, atônita, permanece alheia ao ambiente que a rodeia.

As perguntas de nossas cunhadas a tiram de seu torpor. Elas entram em cena após haverem se consultado. Elas contabilizaram exorbitantes duzentos mil francos para nos "vestir".[11] Ontem, nos ofereceram um excelente *thiakry*[12] para sa-

11 N.O.: É função das irmãs do marido falecido comprar as roupas fúnebres das viúvas.

12 N.O.: Sobremesa semelhante à canjica ou arroz doce, feita com grãos de painço e iogurte.

ciar nossa sede. A griô[13] da família Fall está orgulhosa de sua função transmitida de mãe para filha: "Cem mil francos pelo tronco paterno; cem mil francos pelo tronco materno".

Ela conta as notas azuis ou rosa uma a uma, as exibe e conclui: "Eu tenho muito a dizer sobre vocês, Fall, filhos de Damel Madiodio, que são herdeiros de sangue real. Mas um de vocês não o é mais. Hoje não é um dia feliz. Eu choro com você, Modou, que eu chamava de 'saco de arroz', porque me dava frequentemente um saco de arroz. Recebam então as quantias, vocês são viúvas dignas de um homem digno".

Cada viúva deve dobrar sua parte, assim como será dobrada a oferta dos netos de Modou, representada pela de todos os seus primos e primas.

A família de Modou pega, então, o bolo de dinheiro laboriosamente reunido e nos deixa na miséria total, nós que necessitamos de sustento material.

Continua o desfile de velhos parentes, de velhas conhecidas, de griôs, de joalheiros, de *laobés*[14] com sua linguagem cantada. As despedidas irritam ao se sucederem em uma cadência infernal, porque não são simples, nem gratuitas: exigem, segundo a qualidade de quem parte, ora uma moeda, ora uma nota.

A casa esvazia pouco a pouco. A mistura de cheiros de suor e dos alimentos se torna nauseante, desagradável. Manchas vermelhas de cola cuspida aqui e lá: meus ladrilhos, mantidos

13 N.T.: Nos países da África Ocidental muçulmanos, os griôs são as pessoas que preservam e transmitem as histórias, conhecimentos, canções e mitos dos povos, além das tradições culturais da região.

14 N.T.: Subetnia dos peul, presente no Oeste de África.

com tanto cuidado, escuros. Manchas de gordura nas paredes, dança de papéis amassados. Que resultado em um dia!

Meu horizonte aberto me oferece a visão de uma velha mulher. Quem será ela? De onde vem? Encurvada, com seu *boubou* amarrado às costas, ela vira o arroz vermelho que sobrou em um saco plástico. Seu rosto radiante reflete o dia agradável que ela acaba de viver. Ela quer levar a prova à sua família, talvez moradora de Ouakam, Thiaroye ou Pikine.[15]

Entre os dentes vermelhos de cola, ela murmura, quando cruza meu olhar desaprovador: "Senhora, a morte é tão bela quanto foi a vida".

*

Infelizmente, isso ocorrerá novamente nos oitavo e quadragésimo dias, nos quais aqueles que "ficaram sabendo" tardiamente virão se retratar. Figurinos frívolos que revelam a silhueta esbelta, a proeminência do traseiro, o sutiã novo ou comprado no mercado de roupas usadas, palitos de dente no canto da boca, xales brancos ou floridos, perfumes fortes de essências e de *gongo*[16], vozes altas, risos agudos. No entanto, o Corão nos diz que, no terceiro dia, o morto incha e preenche sua tumba e, portanto, diz que, no oitavo dia, ele estoura; e diz também que, no quadragésimo dia, ele se desmancha! Que significam então esses banquetes animados, institucionalizados, que acompanham as orações que pedem a clemência de Deus? Quem está lá por interesse? Quem está lá

15 N.O.: Bairros da periferia de Dacar.

16 N.O.: Pó com cheiro agradável e excitante para passar no corpo.

para saciar sua sede? Quem está lá para chorar? Quem está lá para se lembrar?

Esta noite, Binetou, minha coesposa, voltará para sua SICAP.[17] Finalmente! Ufa!

As visitas de condolências continuam: doentes, viajantes ou simples retardatários e preguiçosos vêm cumprir o que consideram um dever sagrado. Pode-se faltar a um batismo, mas jamais a um velório. Moedas e dinheiro continuam a fluir à menor solicitação.

Eu vivo só em uma monotonia incessante de banhos purificadores e de mudanças de roupas de velório, todas as segundas e sextas-feiras.

Espero cumprir bem minhas obrigações. Meu coração age conforme as exigências religiosas. Nutrida desde a infância em suas fontes rígidas, creio que não falharei. As paredes que vão limitar meu horizonte por quatro meses e dez dias não me incomodam. Tenho em mim muitas lembranças para ruminar. E são elas que temo, por terem o gosto da amargura.

Que sua invocação não contamine em nada o estado de pureza absoluta em que devo prosseguir.

Até amanhã.

17 N.T.: Conjuntos habitacionais construídos pela Sociedade Imobiliária de Cabo Verde.

4

Aïssatou, minha amiga, talvez você se chateie com meu relato disso tudo que você já sabe.

Eu jamais tinha observado tanto, porque jamais estive tão envolvida.

A reunião familiar, ocorrida em minha sala esta manhã, finalmente terminou. Adivinha-se facilmente os presentes: a segunda-sogra, seu irmão e sua filha, Binetou, ainda mais magra; o velho Tamsir, irmão de Modou, e o imã da mesquita do bairro, Mawdo Bâ, minha filha e seu marido, Abdou.

A "Mirasse",[18] ordenada pelo Corão, exige o despojamento de um indivíduo morto e de seus segredos mais íntimos. É a entrega a outro daquilo que foi cuidadosamente dissimulado. As descobertas explicam cruamente as condutas. Eu avalio, com terror, o tamanho da traição de Modou. O abandono de sua primeira família (de meus filhos e de

18 N.T.: Mirasse significa, no Senegal, herança.

mim) corresponde a uma nova escolha de vida. Ele nos rejeitou. Ele orientou seu futuro sem levar em conta nossa existência.

A promoção dele ao cargo de conselheiro técnico do Ministério do Serviço Público, em troca daquela manobra para conter a revolta sindical, como dizem as más línguas, não foi suficiente para conter a maré de despesas que ele enfrentava. Morreu sem um tostão guardado. Já as promissórias? Uma pilha: vendedores de tecidos e de ouro, comerciantes de alimentos, açougueiros, mecânico...

Veja você. O ponto alto do "espólio": a origem da casa da SICAP, imóvel grande, quatro dormitórios, dois banheiros, um rosa e outro azul, sala ampla, apartamento de três cômodos construído recentemente nos fundos para a segunda-sogra. E móveis vindos da França para a nova esposa, e móveis de ébano de artesãos locais para a segunda-sogra.

Esse imóvel e seu sofisticado conteúdo foram adquiridos graças a um empréstimo bancário sobre uma hipoteca da casa "Falèle", onde moro. A outra casa, cujo título de propriedade leva o nome dele, não é nada além de um bem comum adquirido com nossas economias. Uma audácia maior do que a outra!

Fora isso, ele continuava a pagar mensalmente setenta e cinco mil francos para a SICAP. Ainda haveria parcelas por mais uma dezena de anos até que a casa lhe pertencesse.

Em virtude de sua situação privilegiada, quatro milhões foram emprestados com facilidade, o que permitiu mandar a segunda-sogra e seu esposo a Meca para receber os títulos de

Hadja e de El-Hadj[19]; e permitiu também que Binetou trocasse seus Alfa Romeus à vontade, um depois do outro.

Agora me dou conta da horrível razão de Modou ter abandonado nossa conta conjunta. Ele queria se isolar financeiramente e ter carta branca para agir.

Tendo tirado Binetou da escola, ele ainda lhe depositava uma mesada de cinquenta mil francos, como um salário. A pequena, muito inteligente, queria continuar seus estudos, passar nos exames finais. Modou, esperto, para assegurar seu reino, tratou de subtraí-la do mundo crítico e impiedoso dos jovens. Ele concordou com todas as condições da ávida "Sogra", e até assinou um documento no qual se comprometia a dar todos os meses a dita soma. A segunda-sogra balançava o papel, pois acreditava piamente que aquelas cláusulas deviam continuar por herança, mesmo com a morte de Modou.

Minha filha Daba agitava o relatório de um oficial de justiça datado do mesmo dia da morte de seu pai que detalhava todo o conteúdo da SICAP. A lista fornecida pela segunda-sogra e Binetou não mencionava certos objetos e móveis, misteriosamente desaparecidos ou fraudulentamente subtraídos.

Você sabe que sou excessivamente sentimental. Essas demonstrações de parte a parte não me agradaram em nada...

19 N.T.: Pelo Islã, todo muçulmano deve ir pelo menos uma vez a Meca, se tiver condições materiais. Ao realizarem essa viagem, recebem esses títulos.

5

Ontem, sem dúvida, deixei você perplexa com as minhas revelações.

Loucura? Fraqueza? Amor irresistível? Que convulsão interior desencaminhou Modou Fall a ponto de ele querer desposar Binetou?

Para vencer meu rancor, penso no destino humano. Cada vida esconde um tanto de heroísmo, um heroísmo obscuro feito de abdicações, de renúncias e de provações, sob o chicote impiedoso da fatalidade.

Penso nos cegos do mundo inteiro que morrem na escuridão. Penso nos deficientes físicos do mundo inteiro que se arrastam. Penso nos hansenianos do mundo inteiro cujo mal os amputa.

Vítimas de uma triste sorte que não escolheram, o que são, perto das lamentações de vocês, minhas questões, cruelmente motivadas por um morto que não tem mais poder sobre meu destino? Justiceiros, vocês poderiam, unindo seus desesperos, fazer tremer aqueles a quem a riqueza embriaga, aqueles a quem o acaso favorece. Vocês poderiam, em uma poderosa horda de repugnância e revolta, arrebatar o pão que sua fome cobiça.

O estoicismo de vocês não os torna violentos ou inquietos, mas verdadeiros heróis, desconhecidos da grande história, sem nunca incomodar a ordem estabelecida, apesar da situação miserável em que vivem.

Eu repito, o que são, ao lado de suas feridas visíveis, as enfermidades morais das quais vocês, mesmo assim, não estão protegidos? Ao pensar em vocês, dou graças a Deus por meus olhos que acolhem o céu e a terra a cada dia. Se hoje a fadiga moral me paralisa, amanhã ela desertará do meu corpo. Então, minhas pernas novamente livres me levarão lentamente e, mais uma vez, eu terei ao redor de mim o iodo e o azul do mar. Serão minhas as estrelas e as nuvens brancas. O sopro do vento refrescará novamente minha face. Vou me expandir, vou me virar, vou vibrar. Oh! Saúde, venha a mim. Oh! Saúde...

Meus esforços não me libertam por muito tempo de minha decepção. Penso na criança órfã recém-nascida. Penso na mulher cega que nunca verá o sorriso de seu filho. Penso no calvário do amputado. Penso... mas minha fraqueza persiste... mas meu rancor permanece... mas quebram em mim as ondas de uma imensa tristeza.

Loucura ou desejo? Falta de coração ou amor irresistível? Qual desordem interior desencaminhou a conduta de Modou Fall para casar-se com Binetou?

E dizer que amei perdidamente esse homem, dizer que consagrei trinta anos de minha vida a ele, dizer que carreguei doze vezes filhos dele. A adição de uma rival à minha vida não lhe foi suficiente. Ao amar outra, ele queimou seu passado moral e materialmente, ele ousou tal renúncia... E ainda assim...

E, ainda assim, o que ele não fez para que eu me tornasse sua mulher!

6

Sei que você se lembra daquele trem matutino que nos levou pela primeira vez a Ponty-Ville, a cidade das normalistas em Sébikotane. Ponty-Ville ainda é o campo verde das águas das últimas chuvas, uma festa da juventude em plena natureza, das melodias de banjos nos dormitórios transformados em pista de dança, das confraternizações ao longo dos canteiros de gerânios ou sob as mangueiras carregadas.

Modou Fall, no instante em que você se inclinou à minha frente para me convidar para dançar, eu soube que você era aquele que eu esperava. Alto e atleticamente constituído, é verdade. Pele âmbar graças à tua longínqua herança moura, é verdade também. Virilidade e educação harmoniosamente combinadas, mais uma verdade. Mas, acima de tudo, você sabia ser terno. Você sabia adivinhar todos os pensamentos, todos os desejos... Sabia muitas coisas indefiníveis que lhe davam prestígio e que selaram nossa relação.

Quando dançávamos, sua cabeça, já sem muito cabelo naquela época, se inclinava sobre a minha. O mesmo sorriso alegre iluminava nosso rosto. A pressão de sua mão tornava-se mais delicada, mais possessiva. Tudo em mim consentia e essa relação durou os anos escolares e as férias, fortalecida em mim pela descoberta de sua inteligência fina, de sua sensibilidade envolvente, de sua gentileza, de sua ambição que não admitia qualquer mediocridade. Essa ambição o conduziu, depois de sua saída da escola, à preparação solitária para seus dois *baccalauréats*.[20] Depois, você partiu para a França, lá viveu (em reclusão, segundo suas cartas) dando pouca importância ao ambiente reluzente que incomodava seu olhar, mas você abraçava a profunda noção de uma história que fez atos extraordinários e de uma imensa cultura que o dominava. A pele leitosa das mulheres não o atrai. Sempre, segundo suas cartas, "o que a mulher branca possui a mais do que a negra no plano estritamente físico é a variedade de cores, a abundância, o comprimento e a maleabilidade dos cabelos. Há também os olhos que podem ser azuis, verdes, e, frequentemente, cor de mel fresco". Você também se lamentava da morosidade dos céus, onde nenhuma copa de coqueiro se agitava. Faltava a você "o rebolar das negras, ao longo das calçadas", essa lentidão graciosa própria da África, que encantava seus olhos. Você sofria até as entranhas com o ritmo intenso das pessoas e a letargia do frio. Você con-

20 N.T.: Exame final realizado pelos alunos ao fim do ciclo escolar obrigatório na França, aos 17 ou 18 anos.

cluía dizendo que estava preparado para os estudos. Você concluía compartilhando ternura. Concluía me assegurando: "É você que carrego comigo. Você é a minha negra protetora, que com um toque de mãos me fará esquecer a fome, a sede e a solidão".

E você retornou triunfante. Bacharel em Direito! Em vez de advogar, apesar da sua voz e dos seus dons de orador, você preferiu um trabalho obscuro, com menor remuneração, mas construtivo para o seu país.

Suas proezas não pararam por aí. A introdução do seu amigo Mawdo Bâ em nosso grupo mudaria a vida de minha melhor amiga, Aïssatou.

Eu não rio mais das reticências de minha mãe a seu respeito, pois uma mãe sente por instinto onde está a felicidade de seu filho. Eu não rio mais ao pensar que ela achava você bonito demais, educado demais, perfeito demais para um homem. Ela falava constantemente da visível separação dos seus dois dentes superiores, signo de primazia da sensualidade no indivíduo. O que ela não fez, dali em diante, para nos separar? De você, ela não via nada além do eterno conjunto cáqui, o uniforme de escola. De você, ela não reteve nada além das visitas longas demais. Você era ocioso, dizia ela, portanto cheio de tempo para desperdiçar. E, esse tempo, você empregava em "entupir" minha cabeça em detrimento de rapazes mais interessantes.

Como pioneiras na promoção das mulheres africanas, nós éramos pouco numerosas. Os homens nos taxavam de insensatas. Outros nos chamavam de endiabradas. Mas muitos gostariam de nos possuir. Quantos sonhos alimentamos desesperadamente, sonhos que poderiam ter se concretizado em felicidade durável e que nós frustramos para abraçar outros homens que lamentavelmente estouraram como bolhas de sabão, deixando-nos de mãos vazias?

7

Aïssatou, jamais esquecerei a mulher branca que primeiro desejou para nós um destino "fora do normal". Revisitemos juntas nossa escola verde, rosa, azul, amarela, verdadeiro arco-íris: verde, azul e amarela na coloração das flores que invadiam o pátio, rosa, a cor dos dormitórios impecavelmente arrumados. Escutemos vibrar as paredes de nossa escola, nosso ardor pelo estudo. Revivamos a vertigem de sua atmosfera, à noite, enquanto ecoava, cheia de esperança, a canção noturna, nossa oração comum. O recrutamento que se fazia por concurso na antiga África Ocidental Francesa, hoje desmantelada em Repúblicas Autônomas, permitia uma fecunda mescla de inteligências, personagens, usos e costumes. Nada nos distinguia, exceto os traços especificamente raciais, dos Fon de Daomé aos Malinké da Guiné. As amizades ali se enraizavam, amizades que resistiram ao tempo e à distância. Éramos verdadeiras irmãs destinadas à mesma missão emancipatória.

Evitar que afundássemos nas tradições, superstições e costumes; fazer-nos apreciar múltiplas civilizações sem a negação da nossa; elevar nossa visão de mundo, cultivar nossa personalidade, reforçar nossas qualidades, mirar nossos defeitos; fazer frutificar em nós os valores da moral universal; essa foi a tarefa à qual nossa admirável diretora se atribuiu. A palavra "amar" tinha nela uma ressonância particular. Ela nos amou sem paternalismo, com nossas tranças altas ou torcidas, com nossos vestidos, nossos tecidos tradicionais. Ela soube descobrir e apreciar nossas qualidades.

Como eu penso nela! Se sua lembrança resiste vitoriosamente à ingratidão do tempo, agora que as flores não perfumam mais tão intensamente como naquela época, e que o amadurecimento e a reflexão nos despojam dos sonhos maravilhosos, é porque a via escolhida para nossa formação e nosso desabrochar não foi por acaso. Está de acordo com as opiniões profundas da Nova África para promover a mulher negra.

Liberta, então, dos tabus frustrantes, apta à análise, porque deveria eu seguir o dedo indicador de minha mãe apontando para Daouda Dieng, ainda solteiro, mas maduro demais para meus dezoito invernos? Exercendo a profissão de médico africano na Policlínica, ele era rico e sabia tirar proveito disso. Sua casa, instalada sobre um rochedo da avenida à beira-mar, era o ponto de encontro da elite jovem. Nada faltava ali, do refrigerador, no qual bebidas agradáveis esperavam, à vitrola, que destilava tanto música calma quanto acordes endiabrados.

Daouda Dieng também sabia fazer os corações cederem. Presentes úteis para minha mãe, indo do saco de arroz, apreciável nessa época de penúria de guerra, até o presente fútil para mim, embrulhado com preciosidade, em papel avermelhado. Mas eu preferia o homem do eterno conjunto cáqui. Nosso casamento foi realizado sem dote, sem pompa, sob o olhar desaprovador de meu pai, frente à indignação dolorosa de minha mãe frustrada, sob o sarcasmo de minhas irmãs surpresas, em nossa cidade muda de assombro.

8

Depois, foi a vez de seu casamento com Mawdo Bâ, recém-saído da Escola Africana de Medicina e Farmácia. Um casamento controverso. Eu ainda escuto os rumores coléricos da cidade:

— O quê? Um Toucouleur[21] se casando com uma joalheira[22]? Nunca! Ele "não juntará dinheiro".

— A mãe de Mawdo é uma Dioufène, Guelowar dos Sine[23]. Que ultraje para ela, diante de suas antigas coesposas! (O pai de Mawdo já estava morto.)

— Para querer se casar, custe o que custar, com uma "saia curta", olhe só onde fomos parar.

21 N.T.: Membro de uma dinastia senegalesa que foi uma das primeiras a se tornar muçulmana, ainda no século 11.

22 N.E.: A família de Mawdo Bâ se refere com desprezo à família da noiva por não ter uma origem nobre e ser fabricante e comerciante de joias.

23 N.T.: Guelowar se refere a uma dinastia matriarcal nos reinos pré-coloniais de Sine e Saloum, na Senegâmbia, hoje região ocidental do Senegal.

— A escola transforma nossas filhas em diabinhas, que desviam os homens do caminho correto.

E assim por diante. Mas Mawdo foi firme:

"O casamento é uma coisa pessoal", respondia ele a quem quisesse ouvir.

Ele reforçava sua adesão total à própria escolha de vida ao fazer visitas ao sogro não em casa, mas no trabalho. Ele voltava dessas visitas como que iluminado, feliz de ter "decidido pelo bom senso", como exclamava. Ele falava do seu pai, "um artista". E admirava aquele homem enfraquecido pelas doses cotidianas de monóxido de carbono aspiradas na agrura das fumaças empoeiradas. Ouro é o que ele funde, derrete, torce, alisa, refina, cinzela. "É preciso vê-lo", adicionava Mawdo. "É preciso vê-lo assoprar a chama." Suas bochechas se inflavam da vida de seus pulmões. Essa vida animava a chama, ora vermelha, ora azul, que se levantava e se encurvava, se enfraquecia ou se intensificava segundo sua vontade e a necessidade da obra. E o brilho do ouro nos feixes de faíscas vermelhas e o canto rude dos aprendizes, entoado a golpes de martelo por alguns, e por outros pela pressão das mãos sobre os foles, faziam os passantes se voltarem em sua direção.

Seu pai, Aïssatou, conhecia os ritos que protegem o trabalho do ouro, metal dos *djinns*.[24] Cada ofício tem seu código que somente os iniciados dominam, e que é passado de pai para filho. Seus irmãos mais velhos, assim que saíram da casa

24 N.O.: Espíritos invisíveis que podem ser nefastos.

de circuncisão, foram introduzidos nesse universo particular que fornece o milho que nutre as concessões.

E seus irmãos mais novos? Seus passos foram dirigidos à escola dos Brancos.

A ascensão é trabalhosa, sobre o rude saber versado na escola dos Brancos.

O jardim de infância é um luxo que somente os ricos oferecem aos seus pequenos. Porém, é necessário, uma vez que aguça e canaliza a atenção e os sentidos da criança.

O acesso à escola primária, por mais que prolifere, não é menos difícil. Um número impressionante de crianças permanece nas ruas por falta de vagas.

Entrar no ensino médio não salva o aluno que, nessa idade, luta para fortalecer sua personalidade, compreender a eclosão de sua puberdade e enfrentar a descoberta de armadilhas que têm nome: drogas, vadiagem, sensualidade.

A universidade também pratica suas rejeições exorbitantes e desesperadas.

O que farão esses que não vingam? A aprendizagem da profissão tradicional parece degradante àquele que tem um parco saber livresco. Sonha-se em ser juiz, abomina-se a colher de pedreiro.

O exército dos sem-trabalho aumenta o número dos delinquentes.

Seria o caso de comemorarmos a deserção das forjas, dos ateliês, das sapatarias? Seria bom aceitarmos sem resistência? Não começaríamos nós a assistir ao desaparecimento de uma elite de trabalhadores manuais tradicionais?

Eternas questões de nossos eternos debates. Todos concordávamos que foram necessárias algumas rachaduras para assentar a modernidade dentro das tradições. Divididos entre o passado e o presente, nós deplorávamos os "pelegos", e eles não faltavam... Contávamos as possíveis perdas. Mas sentíamos que nada mais seria como antes. Éramos cheios de nostalgias, mas resolutamente progressistas.

9

Mawdo a alçou à sua altura, ele, filho de princesa, você, filha de ourives. A rejeição de sua mãe não o assustava.

Nossas existências se encontraram. Nós conhecemos as brigas e as reconciliações da vida conjugal. Suportamos, de maneiras diferentes, as violências sociais e o peso da moralidade. Eu amava Modou. Eu tinha de lidar com os parentes dele. Eu tolerava suas irmãs, que muito frequentemente deixavam seus lares para atrapalhar o meu. Elas se deixavam alimentar e agradar. Elas observavam, sem reagir, seus filhos dançarem sobre minhas poltronas. Eu aguentava as cusparadas que habilidosamente escorriam em meus tapetes.

A mãe dele, ao sabor de suas compras, ia e vinha, sempre acompanhada por diferentes amigas para mostrar a elas a conquista social de seu filho e, sobretudo, fazê-las ver com os próprios olhos sua supremacia nessa bela casa que ela não habitava. Eu a recebia com o respeito devido a uma rainha e ela voltava, satisfeita, sobretudo se sua mão tomasse posse da nota de dinheiro que eu lhe entregava com muito jeito. Mas, mal saída de casa, ela pensava na nova onda de amigas que traria da próxima vez.

O pai de Modou era mais compreensivo. Frequentemente, nos visitava e nem se sentava. Ele aceitava um copo de água gelada e ia-se embora após haver renovado suas preces de proteção para a casa.

Eu sabia sorrir para todos e aceitava perder tempo em conversas fúteis. Minhas cunhadas acreditavam que eu era poupada das obrigações domésticas. "Com essas duas empregadas...!", elas insistiam.

Vá explicar que uma mulher que trabalha não é menos responsável pela própria casa. Vá explicar que nada funciona se você não descer à arena, verificar tudo, e muitas vezes refazer tudo: limpar, cozinhar, passar roupas. As crianças para banhar, o marido para cuidar. A mulher que trabalha tem cargas duplas, igualmente fatigantes, tarefas que ela tenta conciliar. E como conciliá-las? Está aí todo um saber-fazer que diferencia os lares.

Algumas das minhas cunhadas não invejavam muito meu modo de vida. Elas viam eu me desdobrar em casa depois do duro trabalho na escola. Elas apreciavam seu conforto, sua paz de espírito, seus momentos de lazer e se deixavam entreter por seus maridos, cujas obrigações os esmagavam.

Outras, limitadas em suas próprias reflexões, invejavam meu conforto e meu poder aquisitivo. Elas se extasiavam diante das numerosas "coisas" de minha casa: fogão a gás, cortador de legumes, colher de açucareiro. Esqueciam a fonte dessa comodidade: ser a primeira a se levantar e a última a se deitar, sempre trabalhando...

Você, Aïssatou, mantinha a família de Mawdo fechada em sua dignidade mal-humorada. Você se lamentava: "A família de Moudou gosta de você. Você deve tratá-la bem. No meu caso, a de Mawdo me olha do alto de sua nobreza perdida. Que posso fazer?"

Enquanto a mãe de Mawdo pensava em sua vingança, nós vivíamos: ceias de Natal organizadas por vários casais, cujos custos eram divididos igualmente e realizadas cada vez em uma casa diferente. Nós exumávamos sem complexo os passos de outros tempos: beguines[25] ardentes, rumbas frenéticas, tangos langorosos. Reencontrávamos os batimentos de corações antigos que fortaleciam nossos sentimentos.

Também saíamos da cidade asfixiante para respirar o ar saudável dos bairros a beira-mar.

Nós nos deslocávamos pela avenida da orla de Dacar, uma das mais belas da África Ocidental, verdadeira obra de arte da natureza. Os rochedos arredondados ou pontiagudos, negros ou ocres, dominavam o oceano. Da vegetação, às vezes verdadeiros jardins suspensos desabrochavam sob o céu claro. Passávamos pela estrada de Ouakam que leva igualmente a Ngor e, mais adiante, ao aeroporto de Yoff. Reconhecíamos, durante o trajeto, a pequena rua que se estendia pela praia de Almadies.

Nossa parada preferida era a praia de Ngor, situada no vilarejo de mesmo nome, onde velhos pescadores barbudos re-

25 N.T.: Ritmo antilhano que mistura calipso e rumba.

mendavam redes, sob as sumaúmas. Crianças nuas e com o nariz escorrendo brincavam com toda liberdade, quando não se divertiam no mar.

Sobre a areia fina, umedecida pelas ondas e coberta de água, pirogas pintadas inocentemente esperavam sua vez para serem lançadas às águas. Em seus cascos brilhavam gotículas azuis cheias de céu e de sol.

Que multidão nos dias de festa! Muitas famílias perambulavam sedentas de espaço e de ar puro. Nós nos desnudávamos sem complexos, tentados pelo carinho benfazejo da brisa iodada e dos raios solares. Os preguiçosos dormiam sob os guarda-sóis abertos. Alguns meninos, com pás e baldes em mãos, edificavam e demoliam os castelos de sua imaginação.

À noite, os pescadores voltavam de suas jornadas de trabalho. Mais uma vez, haviam escapado da armadilha oscilante do mar. Simples linhas negras no horizonte, os barcos se tornavam mais distintos uns dos outros conforme se aproximavam. Dançavam na crista das ondas, depois deixavam escorrer preguiçosamente a água acumulada em seu interior. Os pescadores desciam alegremente a vela e o equipamento. Enquanto alguns reuniam a colheita inquieta, outros torciam suas roupas encharcadas e enxugavam o rosto.

Sob os olhares maravilhados dos meninos, os peixes vivos saltitavam, ao mesmo tempo que as longas serpentes do mar se contorciam. Nada é mais bonito do que um peixe recém-saído da água, com seus olhos claros e frescos, suas escamas douradas ou prateadas e seus belos reflexos azulados!

Mãos faziam a triagem, reuniam e dividiam. Trazíamos boas provisões para casa.

O ar marinho nos incitava ao bom humor. O prazer que experimentávamos, e que fazia todos os nossos sentidos festejarem, inebriava saudavelmente tanto o rico como o pobre. Nossa comunhão com a natureza profunda, insondável e ilimitada, desintoxicava nossa alma. De repente, o desencorajamento e a tristeza iam embora, substituídos por sentimentos de plenitude e de realização.

Revigorados, pegávamos o caminho de volta a nossas casas. Como tínhamos o segredo da felicidade simples, cura da tormenta de nossos dias!

Você se lembra dos piqueniques organizados em Sangalkam, no campo que Mawdo Bâ havia herdado do pai? Sangalkam permanece como refúgio dos habitantes de Dacar que desejam fugir da agitação da cidade. Por isso muitas propriedades se aglomeram ali, compradas por jovens que lá instalaram verdadeiras segundas casas: os espaços verdes são propícios ao repouso, à meditação e ao extravasamento das crianças. A estrada de Rufisque leva a esse oásis.

A mãe de Mawdo havia cuidado da terra antes do casamento de seu filho. A lembrança de seu marido a havia levado a essa porção de terra onde suas mãos unidas e pacientes disciplinaram a vegetação que maravilhava nossos olhos.

Você adicionou a pequena construção no fundo: três quartos pequenos, um banheiro e uma cozinha. E fez florescer abundantemente alguns cantos. Você mandou construir um galinheiro, depois um curral para as ovelhas.

Os coqueiros com folhagens entrelaçadas protegiam do sol. Os macios sapotis ao fundo ficavam ao lado das cheirosas romãzeiras. As mangas, pesadas de carregar, faziam pender os galhos. Os mamões papaia, que lembravam seios multiformes, restavam tentadores e inacessíveis no alto dos troncos longos.

Folhas verdes e folhas brônzeas, ervas novas e ervas envelhecidas cobriam o solo. Sob nossos passos, formigas reconstruíam incansavelmente seus refúgios.

Como a sombra era agradável sobre o leito de folhas no chão... Os times de jogadores se sucediam em clamor vitorioso ou em lamentações de derrota.

Nós nos fartávamos de frutas ao alcance da mão! E bebíamos água de coco! E contávamos "histórias picantes"! E nos agitávamos convidados pelo som alto de uma vitrola! E o cordeiro temperado com pimenta, alho, manteiga e pimentão era grelhado sobre o fogo à lenha.

E nós vivíamos.

De pé em nossas salas de aula superlotadas, estávamos sempre fazendo um gigantesco esforço para reduzir a ignorância.

Cada profissão, intelectual ou manual, merece consideração. Cada uma delas requer um penoso esforço físico ou de destreza, amplos conhecimentos ou uma paciência de formiga. A nossa, como a de um médico, não admite erro. Não se brinca com a vida, e a vida é o corpo e o espírito ao mesmo tempo. Deformar uma alma é um sacrilégio tão grande quanto um assassinato. Os professores — os das creches assim como os das universidades — formam um exército nobre de performances cotidianas, nunca contadas, nunca decoradas.

Exército sempre em marcha, sempre vigilante. Exército sem tambor, sem uniforme reluzente. Esse exército, desfazendo armadilhas e emboscadas, planta em todos os lugares a bandeira do saber e da virtude.

Como amávamos esse sacerdócio, humildes professoras de escolas de bairro... Como trabalhávamos com fé em nossa profissão e como nos doávamos para celebrá-la... Nós havíamos aprendido — como todo aprendiz — a bem praticá-la na escola anexa, situada a poucos metros da nossa, onde as professoras experientes ensinavam aos novatos que nós estávamos a concretizar, nas lições dadas, nossos conhecimentos de psicologia e de pedagogia... Nós estimulávamos o desenvolvimento de levas de crianças que carregavam em seu interior um pouco do nosso ser.

10

Modou se alçava ao topo das organizações sindicais. Seu conhecimento de pessoas e coisas o aliava ora a empregadores, ora a empregados. Ele orientava seus esforços sobre pontos facilmente acordados, que aliviavam o trabalho penoso ou melhoravam a qualidade de vida. Ele procurava melhorias práticas à condição trabalhadora. Seu slogan: "De que serve almejar o impossível? Obter o 'possível' já é uma vitória".

Seu ponto de vista não gerava unanimidade, mas confiava-se em seu realismo prático.

Mawdo não conseguia se envolver nem no sindicalismo, nem na política, por falta de tempo. Sua reputação de bom médico se consolidava e ele ficou prisioneiro de sua missão em um hospital abarrotado de doentes, uma vez que as pessoas iam cada vez menos ao curandeiro, especialista em decocção de folhas para diferentes males.

Todo mundo lia jornais e revistas. O Norte da África se movimentava.

Intermináveis discussões nas quais os pontos de vista se aliavam ou colidiam, se completavam ou se anulavam. Você forjou o rosto da Nova África?

O sonho assimilacionista do colonizador, que arrastava para seu cadinho nossos pensamentos e nosso jeito de ser, usando capacete de proteção com naturalidade sobre nossos cabelos crespos, cachimbos na boca, calções brancos acima da panturrilha, vestidos muito curtos, revelando pernas bem torneadas... Toda uma geração de repente se deu conta do ridículo que estava sendo proposto.

A História prosseguia inexorável. O debate em busca do caminho justo abalava a África Ocidental. Homens corajosos conheceram a prisão; sobre seus passos, outros perseguiam a obra esboçada.

Privilégio de nossa geração, ponto de transição entre dois períodos históricos, um de dominação, outro de independência. Nós nos mantivéramos jovens e eficazes, pois liderávamos projetos. Independência conquistada, assistimos à eclosão de uma República, ao nascimento de um hino e ao hasteamento de uma bandeira.

Eu ouvia repetir que todas as forças vivas do país deveriam se mobilizar. E nós dizíamos que acima das inclinações, inevitáveis, por tal ou tal partido, por tal ou tal modelo de sociedade, era necessária a unidade nacional. Muitos de nós se uniam ao partido dominante infundindo-lhe sangue novo. Ser produtivo no combate valia mais do que cruzar os braços ou se abrigar atrás de ideologias importadas.

Prático, Modou conduzia os sindicatos para a colaboração com o governo, não exigindo, para seus grupos, nada além do possível. Mas ele protestava à meia voz contra a instalação prematura de numerosas embaixadas, que ele julgava custosas para nosso país subdesenvolvido. Sangria para uma vaidade fútil, entre outras, tais como os convites frequentes de estrangeiros: que dinheiro jogado fora! E, sonhando com seus assalariados, ele também se queixava: "Quantas escolas ou equipamentos hospitalares perdidos! Quantos salários aumentados! Quantas estradas asfaltadas!"

Mawdo e você o escutavam. Nós estávamos no auge, enquanto sua sogra, que via você brilhar ao lado do filho dela, que via o filho frequentar cada vez mais a ourivesaria de seu pai, que via sua mãe engordar e se vestir melhor, sua sogra pensava cada vez mais em vingança.

11

Sei que a incomodo, que remexo uma faca nessa ferida cicatrizada a duras penas. Mas o que fazer? Não consigo deixar de relembrar, nessa solidão e nessa reclusão forçadas.

A mãe de Mawdo é Tia Nabou para nós e Seynabou para os outros. Ela carrega um sobrenome glorioso da região do Sine: Diouf.[26] Tem ascendência Bour-Sine.[27] Ela vivia no passado sem ter consciência do mundo em mudança. Era obstinada pelas antigas verdades. Presa às suas origens privilegiadas, acreditava piamente que o sangue carregava virtudes e repetia, balançando a cabeça, que a falta de nobreza de nascença podia ser identificada nos comportamentos. E a vida não poupou a mãe de Mawdo Bâ. Ela perdeu cedo um marido

26 N.T.: Nome tradicional da etnia Serer, à qual pertencem a autora e o personagem Mawdo Bâ. Os Sereres formam a terceira etnia mais populosa do Senegal, atrás dos Wolof e dos Peul.

27 N.T.: O termo *Bour Sine* é utilizado principalmente por quem não faz parte da etnia Serer ao se referirem aos reis sereres.

querido, educou corajosamente seu filho mais velho, Mawdo, e duas outras filhas, hoje casadas e... bem-casadas. Ela consagrava uma afeição de tigresa a seu "único homem", Mawdo Bâ, e quando ela jurava pelo nariz, símbolo da vida, de seu "único homem", ela dizia tudo. Agora, seu "único homem" lhe escapava, por culpa dessa maldita joalheira, pior que uma griô. A griô traz alegria. Mas uma joalheira...! Ela queima tudo por onde passa como o fogo da forja.

Enquanto vivíamos descontraídos, considerando seu casamento um problema superado, a mãe de Mawdo refletia dia e noite sobre como se vingar de você, a Joalheira.

Um belo dia, ela decidiu visitar seu irmão mais novo, Farba Diouf, chefe tribal em Diakhao. Ela arrumou algumas roupas bem escolhidas em uma mala que eu emprestei, colocou em uma cesta provisões e comidas caras ou raras no Sine (frutas francesas, queijos, pães), brinquedos para os sobrinhos, cortes de tecido destinados a seu irmão e às suas quatro esposas. Ela pediu a Modou um pouco de dinheiro, e as notas foram cuidadosamente dobradas e arrumadas em sua carteira. Ela se fez pentear, tingiu os pés e as mãos de henna. Vestida, pronta, ela partiu.

A estrada de Rufisque se divide, atualmente, no cruzamento de Diamniadio: à direita, além de levar a Mbour, a National I leva, ao Sine-Saloum, enquanto a National II, que passa por Thiès e Tivaouane, berço do Tidianismo[28], segue para Saint-

28 N.T.: Ordem islâmica fundada na Argélia por Ahmad al-Tijani (1737–1815). Prega a opção pelos pobres e a reforma social, voltando-se às raízes do islamismo. Muito popular ainda hoje na África Ocidental.

-Louis, antiga capital do Senegal. Tia Nabou não conhecia essas agradáveis vias de transporte. No ônibus e sobre a pista esburacada, com emoção, ela se entrincheirou em suas recordações. A velocidade vertiginosa do veículo, que a conduzia ao encontro dos lugares de sua infância, não a impedia de reconhecer a paisagem familiar. Aqui Sindia, depois, à esquerda, Popenguine, onde os católicos festejam o Pentecostes.

Quantas gerações viram desfilar esta mesma paisagem imóvel! Tia Nabou constatou a vulnerabilidade dos seres humanos frente à eternidade da natureza. Por sua duração, a natureza desafia o tempo e se vinga do homem.

Os baobás estendiam para o céu os nós gigantes de seus troncos; as vacas atravessavam com lentidão o caminho e desafiavam os veículos com olhar terno; os pastores, em calções bufantes, um bastão sobre o ombro ou à mão, orientavam os animais. Homens e animais se fundiam como um quadro de priscas eras.

Tia Nabou fechava os olhos cada vez que o ônibus cruzava um veículo. Os grandes caminhões e sobretudo suas enormes cargas a amedrontavam.

A bela mesquita Médinatou-Minaouara ainda não fora edificada para a glória do Islã; mas, no mesmo ímpeto piedoso, homens e mulheres rezavam na beira da estrada. "Para se convencer da sobrevivência das tradições, é necessário sair de Dacar", murmurava Tia Nabou.

Árvores espinhosas margeavam a floresta de Ndiassane à esquerda; macacos escapavam dela para se embriagar com a luz.

Aqui Thiadiaye, Tataguine, Diouroupe, depois Ndioudiouf e, finalmente, Fatick, capital do Sine.

Sufocante e enfumaçado, o ônibus pega uma bifurcação à esquerda. Sacode; sacode um pouco mais. Enfim, Diakhao. Diakhao, a Real; Diakhao, berço e tumba dos Bour-Sine, Diakhao de seus ancestrais, Diakhao, a bem-amada, com a vasta concessão de seu antigo palácio.

Os mesmos pesos mortificavam seu coração, a cada visita à região familiar.

Antes de tudo, água para as abluções e o tapete para rezar e meditar diante do túmulo dos ancestrais. Em seguida, os olhos marcadamente tristes e carregados de histórias passeiam sobre os outros túmulos. Aqui, os mortos coabitam com os vivos no círculo familiar: cada rei, ao voltar de sua coroação, plantava no pátio duas árvores para marcar o local de seu descanso final. Tia Nabou lançou versos entoados com fervor para esses refúgios mortuários. Ela exibia uma máscara trágica, nesses lugares grandiosos que cantavam o passado ao som de *djou-djoung*.[29]

Sua existência, Aïssatou, jamais macularia a nobre descendência dela, jurou.

Associando em seu pensamento ritos antigos e religião, ela se lembrou do leite a ser derramado no Sine[30] para acalmar os espíritos invisíveis. Amanhã, na água, ela faria suas oferendas para se proteger do mau-olhado, tudo para atrair a simpatia dos *tours*.[31]

29 N.O.: Tambor real do Sine.
30 N.O.: Rio subterrâneo.
31 N.O.: Companheiros invisíveis.

Acolhida como realeza, ela assumiu rapidamente as prerrogativas de irmã mais velha do chefe da casa. Não lhe dirigiam a palavra senão de joelhos. Ela fazia suas refeições sozinha e era servida com o que havia de melhor.

Visitantes vieram de todos os lugares para honrá-la, lembrando-a, assim, da veracidade da lei do sangue. Reviveram para ela as façanhas do avô Bour-Sine, a poeira das batalhas e o ardor dos cavalos puro-sangue... Ela extraiu força e vigor das cinzas ancestrais remexidas, ao som eclético das corás,[32] inebriada pelos aromas profundos do incenso queimado. Ela convocou o irmão.

— Eu preciso, diz ela, de uma criança ao meu lado, para ocupar meu coração; eu quero que essa menina seja, por sua vez, minhas pernas e meu braço direito. Estou velha. Farei dessa criança outra de mim mesma. A casa está vazia desde que minhas filhas se casaram.

Ela pensava em você, tramava sua vingança, mas evitou falar do ódio que sentia.

— Não seja por isso!, respondeu Farba Diouf. Eu nunca lhe propus educar uma das minhas filhas por receio de cansá-la. Os jovens de hoje são difíceis de lidar. Mas leve a pequena Nabou, sua homônima. Ela é para você. Só peço de volta seus ossos.

Satisfeita, Tia Nabou tornou a arrumar a mala, colocou nos cestos tudo o que havia perto do vilarejo e que é caro na cidade: cuscuz seco, pasta de amendoim torrado, cereais, ovos, leite, galinhas. Tomando a pequena Nabou em sua mão direita, Tia Nabou fez o caminho de volta.

32 N.T.: Instrumento musical que mistura harpa e alaúde, típico do Norte da África.

12

Ao me devolver a mala, Tia Nabou me apresentou a pequena Nabou; da mesma forma, ela a apresentou em todas as casas amigas.

A pequena Nabou foi aceita, graças aos meus cuidados, na escola francesa. Amadurecendo à sombra protetora da tia, ela aprendeu o segredo de molhos deliciosos, a manejar o ferro de passar e o pilão. A tia jamais deixava passar a ocasião de lembrar a ela sua origem real e de lhe ensinar que a primeira virtude de uma mulher é a docilidade.

Depois que a sobrinha concluiu os estudos básicos e os anos do Ensino Médio, a grande Nabou aconselhou-a a prestar concurso para a escola de parteiras do Estado: "É uma boa escola. Lá se educa de verdade. Nada de adereços na cabeça. As jovens são sóbrias, sem brincos, vestem-se de branco, cor da pureza. O trabalho que você vai aprender lá é bonito; você poderá ganhar seu sustento e conquistar graças para o paraíso ajudando a parir os servos de Maomé. Na verdade, a instrução de uma mulher não deve ser forçada. E depois eu me pergunto como uma mulher pode ganhar a vida falando desde manhã até à noite."

Então, a pequena Nabou tornou-se obstetriz. Um belo dia, Tia Nabou convocou Mawdo e disse a ele: "Meu irmão Farba ofereceu a você a pequena Nabou como esposa para me agradecer pela maneira digna como eu a criei. Se você não a aceitar como esposa, nunca mais vou me recuperar. A vergonha mata mais rápido do que a doença".

Eu sabia. Modou sabia. A cidade sabia. Você, Aïssatou, você não suspeitava de nada e continuava radiante.

E como a mãe dele havia marcado a data para a noite de núpcias, Mawdo teve enfim coragem de lhe dizer o que toda mulher cochichava: você teria uma coesposa. "Minha mãe está velha. Os choques da vida e as decepções deixaram seu coração frágil. Se eu recusar esta criança, ela morre. É o médico que está falando, não o filho. Então, pense, a filha de seu irmão, criada com seus cuidados, rejeitada por seu próprio filho. Que vergonha diante da sociedade!"

Foi "para não ver a mãe morrer de vergonha e de desgosto" que Mawdo se mostrou decidido a se apresentar na noite nupcial. Diante dessa mãe rígida, petrificada pela antiga moral, interiormente queimada por ferozes leis antigas, o que poderia fazer Mawdo Bâ? Ele envelhecia, cansado por seu trabalho pesado e ainda haveria de querer lutar sozinho, esboçar um gesto de resistência? A pequena Nabou era tão tentadora...

Agora, você não importava mais, Aïssatou. O tempo e o amor investidos em seu lar? Bagatelas rapidamente esquecidas. Os filhos? Eles não pesaram muito nessa reconciliação de uma mãe e de seu "único homem"; você não contava mais, não mais que seus quatro filhos: eles não serão jamais iguais aos filhos da pequena Nabou.

Sobre os filhos da pequena Nabou, os griôs dirão, ao exaltá-los: "O sangue retornou à sua fonte".

Seus filhos não importavam mais. A mãe de Mawdo, uma princesa, não poderia se reconhecer nos filhos de uma joalheira.

E será que uma joalheira pode ter dignidade, honra? É como se perguntassem se em você havia carne e um coração. Ah! Para alguns, a honra e a tristeza de uma joalheira são menores, bem menores que a honra e a tristeza de uma Guélewar.[33]

Mawdo não mandaria você embora. Ele só estava cumprindo um dever e desejava que você ficasse. A pequena Nabou ainda moraria com a mãe dele; era você que ele amava. A cada dois dias, ele ia, à noite, à casa da mãe, ver a outra esposa, para que sua mãe "não morresse"; para "cumprir seu dever".

Quão maior do que aqueles que minavam sua felicidade você foi!

Aconselhavam-na a fazer concessões: "Não se queima uma árvore que tenha frutos".

Ameaçavam-na pela carne: "Meninos não conseguem vencer sem o pai".

Você foi além.

Essas verdades, chaves-mestras, que ao longo do tempo fizeram inclinar a cabeça de muitas esposas revoltadas, não ope-

33 N.O.: Princesa do Sine.

raram o milagre desejado; elas não a desviaram de sua opinião. Você escolheu a ruptura, uma ida sem volta com seus quatro filhos, deixando bem à vista, sobre o leito que fora seu, uma carta destinada a Mawdo e da qual lembro o conteúdo exato:

Mawdo,

Os príncipes dominam seus sentimentos para honrar seu dever. Os "outros" curvam suas nucas e aceitam em silêncio um destino que os envergonha.

Está aí, de forma esquemática, o regimento interno de nossa sociedade, com suas clivagens tolas. Eu não me submeterei. Não posso substituir a alegria que foi nossa por essa que você hoje me propõe. Você quer dissociar o amor puro do amor físico. Eu respondo dizendo que a comunhão carnal não pode existir sem a aceitação do coração, por menor que seja.

Se você é capaz de procriar sem amar, simplesmente para saciar o orgulho de uma mãe decadente, eu o considero vil. Portanto, você cai do escalão superior, da respeitabilidade à qual sempre o alcei. Seu raciocínio cindido é inadmissível: de um lado, eu, "sua vida, seu amor, sua escolha", do outro, "a pequena Nabou, a ser sustentada por dever".

Mawdo, o homem é um só: grandeza e animalidade combinadas. Nenhum gesto de sua parte é ideal puro. Nenhum gesto de sua parte é bestialidade pura.

Despojo-me do seu amor, do seu nome. Vestida com a única roupa válida, a da dignidade, sigo meu caminho.

Adeus,

Aïssatou

E você partiu. Você teve a coragem inacreditável de se assumir. Você alugou uma casa e lá se instalou. E, em vez de olhar para trás, você mirou o futuro com obstinação. Você passou por um início difícil; e, mais do que a minha presença, os meus encorajamentos, os livros salvaram sua vida. Transformados em seu refúgio, eles a sustentaram.

A potência dos livros, invenção maravilhosa da astuta inteligência humana. Signos diversos, associados em sons; sons diferentes que moldam a palavra. Agrupamento de palavras de onde jorram a Ideia, o Pensamento, a História, a Ciência, a Vida. Instrumento único de relação e cultura, meio inigualável de dar e receber. Os livros soldam gerações no mesmo trabalho contínuo que faz progredir. Os livros permitiram que você prosperasse. Aquilo que a sociedade negou a você, eles lhe concederam: os exames prestados com sucesso também levaram você à França. A Escola de Interpretação,[34] da qual você saiu, permitiu sua nomeação para a Embaixada do Senegal nos Estados Unidos. Você passou a ganhar a vida com facilidade. Você evoluiu na quietude, como suas cartas me informam, desviando-se com convicção de caçadores de prazeres efêmeros e de ligações fáceis.

Mawdo? Ele se reconectou à própria família. Os de Diakhao invadiram sua casa; os de Diakhao apoiaram a pequena Nabou. Mas — Mawdo sabe disso — não há comparação possível entre você e a pequena Nabou; você, tão bela, tão doce; você que soube enxugar a testa de seu marido; você, que lhe dedi-

34 N.T.: Escola Superior de Tradução e Interpretação, que forma tradutores e intérpretes nas mais diversas línguas, inclusive de sinais.

cava um carinho profundo, porque desinteressado; você que sabia encontrar palavras certas para tranquilizá-lo.

Mawdo? O que ele falava? "Estou sem rumo. Não se muda os hábitos de um homem feito. Eu procuro camisas e calças nos antigos lugares e encontro somente o vazio."

Nunca consolei Mawdo.

"Minha casa é a periferia de Diakhao. Impossível descansar ali. Tudo lá é sujo. A pequena Nabou dá minha comida e minhas roupas aos visitantes."

Nunca dei ouvidos a Mawdo.

"Uma pessoa me disse que viu você ontem acompanhada de Aïssatou. É verdade? Ela está aqui? Como ela está? E meus filhos?"

Nunca respondi a Mawdo.

Mawdo continuava a ser um enigma para mim e, por causa dele, todos os homens. Sua partida o abalou. A tristeza dele era óbvia. Quando falava de você, as inflexões de sua voz endureciam. Mas, apesar de seus olhares desiludidos, das críticas provocadoras a seu lar e de sua verve que a tudo repreendia, nada impedia o inchaço periódico do ventre da pequena Nabou. Dois meninos já tinham nascido.

Diante desse fato visível, prova de suas comunhões íntimas com a pequena Nabou, Mawdo se contraía com furor. Seu olhar me fustigava: "Veja bem, não se faça de idiota. Como você quer que um homem seja de pedra no contato permanente com a mulher que anda por sua casa?" Ele acrescentava, exemplificando:

"Eu vi um filme no qual os sobreviventes de um acidente aéreo comeram a carne dos cadáveres para viver. Isso comprova os instintos escondidos no homem, instintos que o dominam, não importa qual seja sua inteligência. Desvencilhe-se de seu excesso de sentimentalismo sonhador. Aceite a realidade em sua brutal feiura."

"Não podemos resistir às leis imperiosas que exigem do homem comida e roupas. Essas mesmas leis empurram o 'macho' por aí. Digo 'macho' para marcar a bestialidade dos instintos... Você entende... Uma mulher deve compreender de uma vez por todas e perdoar; ela não deve sofrer se preocupando com 'traições' carnais. O que importa é o que há lá no coração; é isso o que liga dois seres, o que há dentro..." (Ele batia em seu peito, no lugar do coração.)

"Encurralado nos limites extremos da resistência, eu me nutro com o que está ao meu alcance. É feio dizer. A verdade é feia quando a analisamos."

Assim, para se justificar, ele rebaixava a pequena Nabou ao nível de "prato". Assim, para mudar de "sabor", os homens enganam suas esposas.

Eu me sentia ofendida. Ele me pedia compreensão. Mas entender o quê? A supremacia do instinto? O direito à traição? A justificativa do desejo de mudança? Eu não podia ser aliada dos instintos poligâmicos. Então, compreender o quê...?

Como eu invejava sua tranquilidade quando esteve por aqui! Você estava livre da máscara do sofrimento. Seus filhos cresciam bem, contrariando as previsões. Você não se preocupava com Mawdo. Sim, você estava bem, aqui, o passado macerado por seus saltos altos. Você estava aqui, vítima inocente de uma causa injusta e pioneira audaciosa de uma vida nova.

13

Meu drama aconteceu três anos depois do seu. Mas, contrariamente ao seu caso, o ponto de partida não foi a família de meu marido. O drama teve raiz no próprio Modou, meu marido.

Minha filha Daba, preparando-se para seus exames finais, levava suas colegas em casa frequentemente. Mais frequentemente vinha a mesma menina, um pouco tímida, frágil, visivelmente pouco à vontade com nosso nível de vida. Mas como ela era bonita ao sair da infância, em suas roupas desbotadas, mas limpas! Sua beleza irradiava, pura. As curvas harmoniosas de seu corpo não passavam desapercebidas.

Às vezes, eu via Modou se interessar pela dupla. Não me inquietei de forma alguma, nem um pouco, quando ouvi Modou se oferecer para levar Binetou de carro "por causa da hora avançada", disse ele.

Entretanto, Binetou se metamorfoseava. Agora, ela vestia vestidos caros "prêt-à-porter". Ela explicava à minha filha, rindo: "Eu tiro o dinheiro para pagá-los do bolso de um velho".

No dia seguinte, voltando da escola, Daba me confessou que Binetou tinha um sério problema:

— O velho dos vestidos "prêt-à-porter" quer se casar com Binetou. Imagine você. Os pais dela querem tirá-la da escola algumas semanas antes do *baccalauréat* para casá-la com o velho.

— Aconselhe-a a recusar, disse eu.

— E se o homem em questão oferece a ela um apartamento, viagem a Meca para seus pais, carro, mesada, joias?

— Nada disso vale o capital da juventude.

— Eu penso como você, mamãe. Vou dizer a Binetou que não ceda; mas a mãe dela é uma mulher que quer tanto sair de sua condição miserável e que sente tanto por sua beleza desbotada na fumaça do fogão à lenha que olha com inveja para tudo o que visto; ela se queixa o dia todo.

— O essencial é Binetou. Que ela não ceda.

Depois de alguns dias, Daba retomou a conversa com sua conclusão surpreendente.

— Mãe! Binetou, a contragosto, vai se casar com "o velho". A mãe chorou tanto... Suplicou que ela lhes desse "um fim de vida feliz, em uma casa de verdade" que o homem lhes prometeu. Então, ela aceitou.

— Quando é o casamento?

— Domingo agora, mas não haverá festa. Binetou não suportaria as gozações das amigas.

E, no crepúsculo desse mesmo domingo em que Binetou se casaria, eu vi Tamsir, irmão de Modou, vir a minha casa com toda a pompa e circunstância, ao lado de Mawdo Bâ e do imã do bairro. De onde eles saíram, tão bem-vestidos, em seus *boubous* engomados? Vinham certamente procurar Modou para uma missão importante da qual um deles havia se encarregado. Eu disse que Modou estava fora desde cedo. Eles entraram rindo, aspirando com força o odor sensual do incenso que emanava por todos os lados. Sentei-me diante deles, rindo também. O imã atacou:

— Quando Alá todo poderoso coloca lado a lado dois seres, ninguém pode contestar.

— É verdade, é verdade, apoiavam os outros dois.

Uma pausa. Ele recobrou o fôlego e continuou:

— Nesse mundo, nada é novo.

— É verdade, é verdade, dramatizaram novamente Tamsir e Mawdo.

— Um fato que se acha triste, o é bem menos que outros...

Eu seguia a mímica dos lábios desdenhosos de onde saíam esses axiomas que podiam preceder o anúncio de um evento feliz ou triste. Onde ele queria chegar com esse preâmbulo que talvez anunciasse uma tempestade? Eles certamente não vinham por acaso. Anunciariam um infortúnio assim tão endomingados? Ou pretendiam inspirar confiança com as vestimentas impecáveis?

Eu pensava no ausente. Perguntei com um grito de fera acuada:

— Modou?

E o imã, que por fim assumiu o fio condutor, não largou mais. Falou rápido, como se as palavras fossem brasas em sua boca:

— Sim, Modou Fall. Felizmente vivo para você. Para nós todos. Deus, obrigado. Hoje, ele apenas desposou uma segunda esposa. Estamos vindo da Mesquita de Grande Dakar, onde ocorreu o casamento.

Assim, com os espinhos retirados do caminho pelo imã, Tamsir se atreveu:

— Modou agradece a você. Ele diz que a fatalidade decide os seres e as coisas: Deus destinou uma segunda esposa a Modou, ele nada pôde contra isso. Ele felicita você pelos vinte e cinco anos de casamento, momentos nos quais você deu a ele todas as alegrias que uma mulher deve ao seu marido. Nossa família, eu em particular, seu irmão mais velho, agradecemos a você. Você nos venerou. Você sabe que nós somos o sangue de Modou.

E, em seguida, as eternas palavras que devem atenuar o acontecimento: "Não há ninguém além de você em sua casa, não importa o quão grande ela seja, tão cara que seja a vida. Você é a primeira esposa, uma mãe para Modou, uma amiga de Modou".

O pomo-de-adão de Tamsir dançava em sua garganta. Ele balançava a perna esquerda cruzada sobre a direita. Seus sapatos, *babuches* brancas, traziam uma leve camada de poeira vermelha, cor da terra por onde eles haviam caminhado. A mesma poeira estava grudada nos sapatos de Mawdo e do imã.

Mawdo se retraía. Revivia o próprio drama. Ele pensava em sua carta, em sua reação, e eu era tão parecida com você. Ele se mantinha cauteloso. A cabeça baixa, atitude daqueles que se acreditam vencidos antes do combate.

Eu aquiesci enquanto gotas de veneno me corroíam: "vinte e cinco anos de casamento", "esposa incomparável". Fiz a conta de trás para frente para descobrir onde se partira o fio a partir do qual tudo se desenrolava. As palavras de minha mãe voltaram: "Bonito demais, perfeito demais". Completei, enfim, o pensamento de minha mãe: "para ser honesto". Eu pensei nos dois dentes incisivos superiores separados por um grande espaço, signo da primazia do amor no indivíduo. Eu pensei em sua ausência o dia todo. Ele dizia apenas: "Não me espere para o jantar". Eu pensei em outras ausências, frequentes ultimamente, cruamente elucidadas hoje e habilmente dissimuladas antes sob o pretexto de reuniões sindicais. Ele também seguia um regime draconiano para esconder "o ovo na barriga", ele dizia rindo, o ovo que anunciava a velhice.

Quando saía à noite, ele desdobrava e experimentava várias roupas antes de escolher uma delas. O resto, nervosamente rejeitado, ficava no chão. Era preciso que eu as dobrasse e arrumasse; e esse trabalho suplementar, eu descobria agora que era feito em uma busca de elegância destinada a seduzir outra pessoa.

Eu tentei conter o turbilhão dentro de mim. Acima de tudo, não dar às visitas a satisfação de relatar meu desespero. Sorrir, levar o acontecimento com leveza, como eles o anunciaram. Agradecer a eles pela maneira humana como cumpriram sua missão. Enviar os parabéns a Modou, "bom pai e bom esposo", "um marido que se tornou um amigo". Agradecer à família de Modou, ao imã, a Mawdo. Sorrir. Servir-lhes alguma bebida. Acompanhá-los novamente sob as volutas da fumaça do incenso que eles ainda aspiravam. Apertar suas mãos.

Como eles estavam contentes! Menos Mawdo, que dava ao acontecimento seu justo valor.

14

Enfim sozinha, para dar livre curso à minha surpresa e avaliar meu sofrimento. Ah! Sim! Eu me esqueci de perguntar o nome de minha rival para poder assim dar forma humana à minha aflição.

Minha pergunta não ficou muito tempo sem resposta. Conhecidas da Grande Dacar acorreram à minha casa, portadoras de todos os detalhes da cerimônia, alguma por real amizade, outras ressentidas e invejosas da promoção que a mãe de Binetou ganhava em função do casamento.

"Eu não entendo." Elas também não entendiam a entrada de Modou, uma "personalidade", em uma família de *ndols*, de extrema pobreza.

Binetou, uma criança da idade de minha filha Daba, promovida ao nível de minha coesposa e a quem eu deveria fazer face. Binetou, a tímida! O homem velho que comprava os vestidos novos "prêt-à-porter" que substituíram suas roupas gastas era Modou. Ela tinha inocentemente confiado seus segredos à filha de sua rival porque acreditava que esse sonho, surgido de um cérebro envelhecido, jamais se tornaria realidade. Ela havia contado tudo: a casa, a renda mensal, a viagem futura a Meca oferecida a seus pais. Ela acreditava ser mais forte do que o homem contra o qual se media. Ela não conhecia a poderosa vontade de Modou, sua tenacidade diante dos obstáculos, seu orgulho em vencer, a resistência inspiradora dos novos ataques a cada movimento.

Daba estava enfurecida, com o orgulho ferido. Ela repetia todos os apelidos que Binetou havia dado a seu pai: homem velho! Barrigudo! O velho...! O autor de sua vida era desrespeitado cotidianamente e ele consentia. Uma cólera assustadora invadia Daba. Ela tinha como sinceras as palavras de sua melhor amiga. Mas o que pode uma criança diante uma mãe em fúria, que urra sua fome e sua sede de viver?

Binetou é um carneiro imolado como tantos outros sobre o altar dos bens materiais. A raiva de Daba aumentava conforme ela analisava a situação: "Rompa, mãe! Expulse esse homem. Ele não nos respeitou, nem a você, nem a mim. Faça como Tia Aïssatou, rompa. Diga-me que você romperá. Eu não a vejo disputando um homem com uma menina da minha idade."

Eu me dizia o que dizem a si mesmas todas as mulheres enganadas: se Modou fosse de leite, teria sido eu a ficar com todo o creme. O que restou, bah!, é somente água com um leve cheiro de leite.

Mas a decisão final me pertencia. Modou, ausente a noite toda (teria ele já consumado seu casamento?), a solidão que traz conselhos me permitiu identificar bem o problema.

Partir? Recomeçar do zero depois de ter vivido vinte e cinco anos com um homem, depois de ter colocado no mundo doze crianças? Teria força suficiente para suportar sozinha o peso dessas responsabilidades morais e materiais?

Partir! Riscar de vez o passado. Virar uma página na qual as coisas não eram brilhantes, sem dúvida, mas tinham sua ordem. Infelizmente, o que será escrito a partir de agora não contém amor, nem confiança, nem grandiosidade, nem esperança. Eu jamais conheci os percalços pútridos do casamento. Não tomar conhecimento! Fugir deles! Quando começamos a perdoar, uma avalanche de falhas se precipita e tudo o que resta é perdoar novamente, perdoar sempre. Ir embora, fugir da traição! Dormir sem me fazer perguntas, sem manter o ouvido atento ao menor ruído, à espera do marido que compartilhamos.

Eu enumerava as mulheres conhecidas de minha geração que tinham sido abandonadas ou divorciadas.

Eu conhecia algumas cujo resto de juventude florescente lhes permitira conquistar um homem que valia a pena e aliava posição e atitude, e que julgávamos "melhor, cem vezes melhor que o primeiro". A miséria dessas mulheres regredia diante da invasão de uma nova felicidade que mudava suas vidas, arredondava suas bochechas, tornava seus olhos brilhantes. Eu conhecia quem havia perdido toda esperança de renovação e quem a solidão tinha posto muito cedo embaixo da terra.

O jogo do destino permanece insondável. Os búzios que uma vizinha lança sobre uma peneira de palha, na minha frente, não me trazem otimismo nem quando continuam abertos, apresentando sua cavidade negra que significa o riso, nem quando a união de suas costas brancas parece dizer que "o homem de calças duplas"[35] vem em minha direção, promessa de riqueza. "Afaste-se deles: homem e riquezas; apenas a esmola de duas nozes-de-cola branca e vermelha", complementa a vizinha, Farmata.

Ela insiste: "o ditado diz que o desacordo aqui pode ser sorte adiante". Por que você permanece incrédula? Por que não ousa romper? Uma mulher é como um balão; quem solta o balão não consegue prever as voltas que ele dará. Não controla o lugar por onde passa, menos ainda quem vai pegá-lo. Com frequência, para em uma mão insuspeita...

Em vez de seguir os conselhos de minha vizinha, uma griô que sonhava com sólidas gorjetas de casamenteira, eu me olhava no espelho. A eloquência do espelho se dirigia aos meus olhos. Minha magreza havia desaparecido assim como a leveza e a rapidez dos meus movimentos. Minha barriga se pronunciava sob os panos que dissimulavam as panturrilhas desenvolvidas pela impressionante quilometragem de caminhadas que haviam feito, desde o início da minha existência. O aleitamento havia retirado dos meus seios o arredondado e a firmeza. A juventude desertava meu corpo, nenhuma ilusão possível!

Com o curso dos anos, enquanto a mulher aumenta a força de seu apego, mesmo com o envelhecimento de seu companheiro, o homem reduz cada vez mais seu campo de ternura.

35 N.O.: Designa um homem que se veste com o terno ocidental.

Sua mirada egoísta olha por cima do ombro de sua cônjuge. Ele compara aquilo que teve com aquilo que não tem mais; aquilo que tem com aquilo que poderia ter.

Eu sabia de muitas desgraças para não compreender a minha. Seu caso, Aïssatou, é o caso de muitas outras mulheres, desprezadas, relegadas ou trocadas; somos afastadas como um *boubou* usado ou fora de moda.

Para vencer a desgraça quando ela sitia sua vida, é preciso ter vontade. Quando pensamos que cada segundo escoado abrevia a vida, temos de aproveitar intensamente esse segundo; é a soma de todos os segundo perdidos ou colhidos que faz a diferença entre vidas perdidas ou vencidas. Fortalecer-se para conter os desesperos e reduzi-los a suas justas medidas! Quando nos deixamos invadir facilmente pela amargura, a depressão vence. Pouco a pouco, ela toma posse de seu ser.

Ah! A depressão! Os médicos falam dela de forma desprendida, irônicos, destacando que seus órgãos vitais não foram afetados. Quase chegam a dizer que você os incomoda com a enumeração cada vez mais longa de suas dores — cabeça, garganta, peito, coração, fígado — que nenhuma radiografia confirma. E, no entanto, que doenças atrozes eclodem devido à depressão nervosa!

E eu penso em Jacqueline, que sofreu desse mal. Jacqueline, aquela da Costa do Marfim, que desobedeceu seus pais protestantes para se casar com Samba Diack, colega de classe de Mawdo Bâ, médico como ele e designado após sua saída da Escola Africana de Medicina e Farmácia de Abidjan. Jacqueline vinha à nossa casa quando seu marido nos visitava. Ao mudar-se para o Senegal, ela aterrissou em um mundo novo; um mundo diferente em reação, temperamento e mentalidade, diferente daquele onde ela havia crescido. Além disso, os pais de seu marido — sempre os pais — a desprezavam tanto que ela não quis abraçar a religião muçulmana e ia todos os domingos ao templo protestante.

Negra e africana, ela deveria ter-se integrado, sem choque, a uma sociedade negra e africana, já que Senegal e Costa do Marfim passaram pelas mãos do mesmo colonizador francês. Mas a África é diferente, fragmentada. Um mesmo país muda várias vezes de rosto e de mentalidade, de Norte a Sul, de Leste a Oeste.

Jacqueline queria senegalizar-se, mas as zombarias tiravam-lhe toda vontade de cooperar. Chamavam-na de *gnac*[36] e ela acabou por descobrir o significado desse apelido que a revoltava.

Seu marido, que vinha de longe, passava o tempo livre perseguindo as senegalesas "finas", a quem apreciava, e não se preocupava em esconder suas aventuras, sem respeitar a esposa ou os filhos. A falta de precauções de seu marido deixava à vista de Jacqueline as provas irrefutáveis de sua má conduta: cartas de amor, talões de cheques com os nomes das beneficiárias, faturas de restaurantes e de quartos de hotel. Jacqueline chorava, Samba Diack fazia a festa. Jacqueline emagrecia. Samba Diack continuava a fazer a festa. E um dia, Jacqueline se queixou de ter uma bola que a incomodava no tórax, no

36 N.O.: Caipira.

peito esquerdo; ela dizia ter a impressão de ser penetrada por algo pontudo que lhe perfurava a carne até as costas. Ela gemia. Mawdo a auscultava: nada no coração, ele dizia. Ele prescrevia um calmante. Jacqueline tomava com ardor seus comprimidos, roída pela dor insidiosa. Com o frasco vazio, ela percebia que a bola estava no mesmo lugar; o sofrimento a assediava com a mesma acuidade.

Ela se abriu com um médico compatriota que pediu um eletrocardiograma e diversos exames de sangue. Nada no traçado da atividade elétrica do coração, nada de anormal no sangue. Ele também prescreveu um calmante, grandes comprimidos efervescentes que não deram fim à angústia da pobre Jacqueline.

Ela pensou em seus pais, na recusa em endossar seu casamento. Escreveu a eles uma carta patética, na qual implorava o seu perdão. A benção deles chegou, sincera, mas não foi capaz de aliviar o estranho peso em seu peito.

Jacqueline foi levada ao Hospital de Fann, no caminho de Ouakam, perto da universidade que envia para lá seus estudantes como estagiários de medicina, assim como ao Hospital Aristide Le Dantec. Esse centro hospitalar não existia nos tempos em que Mawdo Bâ e Samba Diack estudavam na Escola de Medicina e Farmácia. O Hospital de Fann inclui outros serviços abrigados em prédios autônomos ou interligados para facilitar a comunicação. Essas construções não conseguem, apesar de sua quantidade e de seu tamanho, ocupar o imenso terreno no qual o hospital está implantado. Ao entrar ali, Jacqueline pensou nos loucos internados no lugar. Foi necessário explicar-lhe que os loucos ficavam na psiquiatria e que, naquela ala, eram chamados de doentes mentais. Eles não eram violentos a princípio, esses estavam internados no hospital psiquiátrico de Thiaroye. Jacqueline estava na neurologia, e nós, que vínhamos visitá-la, aprendemos que o hospital abrigava igualmente serviços para tratar tuberculose e doenças infecciosas.

Jacqueline estava prostrada em seu leito. Seus belos cabelos negros e descuidados, que nenhum pente havia desembaraçado desde que ela começou a correr de médico em médico, formavam tufos desgrenhados em sua cabeça. O lenço que os protegia, ao se mover, descobria a camada do unguento de raízes que colocávamos ali, pois recorríamos a tudo para arrancar aquela irmã de seu universo infernal. E foi a sua mãe, Aïssatou, que foi consultar os curandeiros para nós e trouxe das visitas a eles o *safara*[37] e aconselhamentos de sacrifícios que você se apressou em executar.

Jacqueline pensava na morte. Ela a esperava, inquieta e atormentada, com a mão sobre o peito, lá onde a bola invisível, tenaz, desarmava todas as armadilhas, ria-se com malícia de todos os tranquilizantes. Jacqueline tinha como vizinha de quarto uma linguista, assistente técnica e professora no Liceu Faidherbe de Saint-Louis. De Saint-Louis, ela contou, não conseguiu conhecer nada além da ponte que atravessa o rio. Uma dor de garganta, tão repentina quanto violenta, a impediu de

37 N.O.: Líquido com poderes sobrenaturais.

assumir o posto e a conduzira até aqui, onde esperava o repatriamento.

Eu a observo constantemente. Velha para seu estado de solteira. Magra, até mesmo angulosa, sem charme algum. Os estudos devem ter sido as únicas distrações de sua juventude. Amargurada, ela teve de bloquear qualquer impulso de paixão. Sua solidão, sem dúvida, fez com que procurasse a mudança. Um posto de professora no Senegal deve ter correspondido aos seus sonhos de fuga. Assim, ela veio, mas todos os seus sonhos abortados, todas as suas esperanças desapontadas, todas as suas revoltas mortas tomaram de assalto sua garganta protegida por um lenço azul marinho com bolinhas brancas que contrastava com a palidez de seu colo. O medicamento com que lhe pincelavam a garganta manchava de azul seus lábios finos retraídos sobre a própria miséria. Ela tinha grandes olhos azuis, luminosos, única claridade, única beleza, única caridade celeste na ingratidão de seu rosto. Ela olhava Jacqueline. Jacqueline a olhava. Ela apalpava a garganta. Jacqueline apalpava o peito. E nós ríamos de seus modos, sobretudo quando a doente do quarto vizinho chegava para "bater papo", como dizia, e expunha as costas às carícias refrescantes do ar-condicionado. Ela sofria de ondas de calor fortíssimas nessa parte do corpo.

Estranhas e múltiplas manifestações das distonias neurovegetativas. Doutores, cuidado, sobretudo se vocês não são neurologistas ou psiquiatras. Frequentemente, as doenças sobre as quais vocês falam têm raízes em tormentos morais. São os vexames sofridos e as perpétuas contradições que se acumulam em alguma parte do corpo e sufocam.

Jacqueline, por amar a vida, suportou com valentia cada coleta de sangue. Eletrocardiograma e radiografia pulmonar foram refeitos. Um novo eletroencefalograma revelou traços de sofrimento. Uma eletroencefalografia gasosa tornou-se então necessária. É um exame doloroso ao extremo, acompanhado sempre de uma punção lombar. Jacqueline, nesse dia, permaneceu pregada à cama, mais lamentável e abatida do que nunca.

Samba Diack se mostrou gentil e abalado diante da decrepitude de sua mulher.

Um belo dia, depois de um mês de tratamento (injeções intravenosas e tranquilizantes), depois de um mês de investigações, enquanto sua vizinha francesa retornava a seu país, o médico-chefe do setor de neurologia convocou Jacqueline. Ela tinha diante de si um homem cuja maturidade e nobreza do trabalho o embelezavam ainda mais, um homem a quem o comércio da mais deplorável das misérias — a alienação mental — não havia amargurado. Ele explorou com seus olhos agudos, habituados a analisar, os olhos de Jacqueline, para distinguir naquela alma a razão das angústias que perturbavam o organismo. Com uma voz doce, calma, que já era um bálsamo para aquele ser exaltado, ele confiou: "Senhora Diack, eu garanto a saúde de sua cabeça. Os raios X não encontraram nada, nem os exames de sangue. A senhora está simplesmente deprimida, quer dizer... infeliz. As condições de vida que a senhora deseja diferem da realidade, e aí está a razão do seu sofrimento. Além disso, seus partos se sucederam muito rapidamente; o organismo perde fluidos vitais que não têm tempo de serem repostos. Em resumo, a senhora não tem nada que comprometa sua vida".

"É necessário reagir, sair, criar para si razões de viver. Tomar coragem. Lentamente, a senhora triunfará. Nós lhe aplicaremos uma série de choques elétricos que a farão relaxar. Em seguida, a senhora terá alta."

O médico pontuava as palavras com movimentos de cabeça e sorrisos convincentes que despertaram muita esperança em Jacqueline. Reanimada, ela nos contou seus planos e nos confiou que saiu em parte curada da consulta. Ela conhecia a razão de seu mal e o combateria. Ela se animava. Ela estava voltando de longe, a Jacqueline!

Por que teria eu evocado a provação dessa amiga? Por sua vitória honrosa? Ou somente para retardar a formulação da escolha que fiz, escolha que minha razão refutava, mas que se afinava com a imensa ternura que eu devotava à Modou Fall?

Sim, eu enxergava bem onde estava a solução certa. A so lução digna. E, para grande surpresa da minha família, desaprovada unanimemente por meus filhos influenciados por Daba, eu escolhi ficar. Modou e Mawdo, surpresos, não compreenderam... Você, minha amiga, prevenida, não fez nada para me dissuadir, em respeito a minha nova escolha de vida.

Eu chorava todos os dias.

A partir daí, minha vida mudou. Eu tinha me preparado para uma partilha equitativa segundo o Islã, no campo poligâmico. Eu não tinha nada nas mãos.

Meus filhos que contestavam minha opção me hostilizavam. Diante de mim, eles representavam uma maioria que eu deveria respeitar.

— Seu sofrimento ainda não acabou, predizia Daba.

O vazio me cercava. E Modou me escapava. As tentativas amigáveis ou familiares de reconduzi-lo ao lar foram vãs. Uma vizinha do novo casal me explicou que a "pequena" entrava em transe cada vez que Modou pronunciava meu nome ou manifestava o desejo de ver seus filhos. Ele nunca veio; sua nova felicidade recobriu pouco a pouco nossa lembrança. Ele nos esqueceu.

15

Aïssatou, minha amiga, não há comparação possível entre a pequena Nabou e você, como eu já disse. Mas também reconheço que não há comparação possível entre a pequena Nabou e Binetou. A pequena Nabou cresceu ao lado da tia, que a designou como esposa a seu filho Mawdo. Mawdo povoou os sonhos de adolescência da pequena Nabou. Habituada a vê-lo, ela se deixou conduzir naturalmente até ele, sem sobressaltos. Seus cabelos grisalhos não a ofendiam; as marcas em seu rosto eram tranquilizadoras para ela. Então ela amava e ainda ama Mawdo, mesmo que suas preocupações nem sempre transmitam a mesma mensagem. A marca da escola não era forte na pequena Nabou, precedida e dominada pela força de caráter de tia Nabou que, em seu desejo de vingança, não havia deixado nada ao acaso na educação que deu à sobrinha. Foi, sobretudo, com histórias à noite sob as estrelas que tia Nabou exerceu sua dominação sobre a alma da pequena Nabou; sua voz expressiva glorificava a violência justiceira do guerreiro; sua voz expressiva lamentava a inquietação da Amada Submissa. Ela saudava a coragem dos temerários; ela estigmatizava a trapaça, a preguiça, a calúnia; ela exigia cuidado com a orfandade e respeito pela velhice. Encenações com animais, canções nostálgicas tiravam o fôlego da pequena Nabou. E, de forma lenta e segura, graças à tenacidade da repetição, se insinuaram nessa criança as virtudes e a grandeza de uma raça.

Essa educação oral, facilmente assimilada, cheia de encanto, tem o poder de desencadear bons reflexos em uma consciência adulta forjada com seu contato. Doçura e generosidade, docilidade e polidez, o saber-fazer e o saber-falar tornavam a pequena Nabou agradável. "Que gracinha!", avaliava Mawdo, dando de ombros.

Mas a pequena Nabou exercia um ofício. Ela não tinha tempo para "preocupações e escrúpulos". Responsável pelo cuidado com os bebês na maternidade Repos Mandel, na entrada de bairros periféricos populosos e carentes, ao longo do dia ela executava várias vezes os gestos libertadores da vida. Os bebês passavam e repassavam por suas mãos competentes.

Ela voltava exausta de seu trabalho, queixando-se da falta de leitos e de que enviava cedo demais, em sua concepção, os acamados a seus domicílios, obstinada contra a falta de pessoal, de instrumentos adequados, de medicamentos. Ela se emocionava: "O bebê frágil foi levado muito cedo a um meio social no qual falta higiene".

Ela pensava na alta mortalidade infantil que as noites em claro e a dedicação não conseguiam reduzir. Ela sonhava:

"Que aventura mais apaixonante é fazer de um bebê um homem sadio! Mas quantas mães o conseguem?"

No coração da vida, no coração da miséria, no coração da feiura, a pequena Nabou frequentemente triunfava por seu saber e experiência; mas às vezes ela conhecia insucessos pungentes; ela se sentia impotente diante da força da morte.

A pequena Nabou era responsável e consciente, como você e eu! Mesmo sem sermos amigas, nossas preocupações com frequência se uniam.

Ela achava a vida dura e, lutadora, não era dada a frivolidades.

Quanto a Binetou, ela havia crescido com toda a liberdade, em um meio comandado pela sobrevivência. Sua mãe estava mais preocupada em botar a panela no fogo do que com a educação. Bela, animada, de bom coração, inteligente, Binetou, que tinha acesso às muitas famílias ricas de suas colegas, tinha uma consciência aguda do que estava sacrificando com seu casamento. Vítima, ela se queria opressora. Exilada no mundo dos adultos que não era o dela, queria uma prisão dourada. Exigente, ela atormentava. Vendida, ela elevava seu valor a cada dia. Suas renúncias, que eram antigamente a seiva de sua vida e que ela enumerava com amargura, reclamavam compensações exorbitantes que Modou se extenuava para satisfazer. Comentários sobre a vida deles chegavam a mim, ampliados ou amputados, conforme o visitante. A sedução da idade madura, as têmporas grisalhas, eram desconhecidas por Binetou. E Modou tingia seus cabelos mensalmente. Binetou não perdia jamais a ocasião de rir desagradavelmente da cintura dolorosamente apertada de suas calças, já fora de moda. Modou perdia o fôlego ao aprisionar uma juventude decadente que lhe escapava por todos os lados: a ponta pouco graciosa de um queixo duplo, o passo pesado e hesitante ao menor vento fresco. A graça e a beleza o cercavam. Ele tinha medo de decepcionar e, para que não tivéssemos tempo de observá-lo, todos os dias ele dava festas nas quais a charmosa criança se desenvolvia, elfo de finos braços fazendo de um riso, a alegria ou de um silêncio, a tristeza.

Falava-se em feitiçaria. Amigas, com convicção, me suplicavam que reagisse: "Você está deixando a outra o fruto do seu trabalho".

Elas indicavam, com veemência, marabutos[38] de eficácia comprovada, que devolviam o cônjuge a seu lar e afastavam a mulher perversa. Viviam em casas muito distantes, esses charlatões. Citava-se Casamansa, onde os diolas e madjagos se destacam com filtros mágicos. Apontavam o dedo para Linguère, o país dos peuls, prontos para a vingança pela marabutagem ou pelas armas. Falava-se igualmente do Mali, o país dos bambaras, com faces talhadas por profundas cicatrizes.

Seguir essas exortações seria duvidar de mim mesma. Eu já me reprovava pela fraqueza incapaz de impedir a degradação do meu lar. Deveria eu me renegar porque Modou havia escolhido outro caminho? Não, eu não cedia aos pedidos. Mi-

38 N.T.: No Islamismo, o marabuto é um eremita considerado sábio, que utiliza talismãs para reestabelecer a ordem social ou a saúde de uma pessoa. Não aceita dinheiro em troca de seus dons, apenas a doação de alimentos e roupas. Não são reconhecidos pelos religiosos ortodoxos.

nha razão e minha fé rejeitavam os poderes sobrenaturais. Rejeitavam essa atração fácil que aniquila toda vontade de lutar. Eu observava, à minha frente, a realidade.

A realidade tinha o rosto da segunda-sogra de Modou, que engolia com avidez tudo o que lhe era oferecido. Seus prognósticos de um modo de vida dourado se cumpriam. Seu pequeno barraco, forrado de zinco e de capas de revistas nas quais *pin-ups* e anúncios se acotovelavam, já desbotara de suas lembranças. Um gesto em seu banheiro e a água quente massagearia suas costas em jatos deliciosos! Um gesto na cozinha e cubos de gelo refrescariam a água em seu copo. Outro gesto e a chama sairia do fogão a gás e ela prepararia para si um delicioso omelete.

Primeira esposa, antes desprezada, a Sogra agora emergia das sombras e retomava o controle sobre seu esposo infiel. Ela tinha trunfos apreciáveis: carnes assadas, frangos também assados e, por que não, notas escondidas no bolso do *boubou* pendurado no mancebo do quarto de dormir. Ela não contava mais o dinheiro, como antes, para economizar no preço das latas d'água compradas do tuculor,[39] vendedor ambulante do líquido vital, retirado das fontes públicas. Ela desfrutava de sua nova sorte por conhecer a miséria. Modou correspondia às suas expectativas. Ele enviava a ela, prevenido, maços de dinheiro para gastar e oferecia, para suas viagens ao exterior, joias e caros *boubous*. A partir daí, ela ascendeu à categoria de mulheres "com pulseira pesada", cantadas pelos griôs. Extasiada, ela ouvia o rádio transmitir canções dedicadas a ela.

39 N.E.: Pessoa da etnia tuculor, do Senegal.

Sua família lhe reservava o melhor lugar nas cerimônias e escutava seus conselhos. Quando o longo carro de Modou a deixava e ela aparecia, era em sua direção que se estendia uma multidão de mãos nas quais ela colocava as notas.

Também era verdade que Binetou ia de casa noturna em casa noturna. Ela chegava em um caro vestido longo; um cinto de ouro, presente de Modou pelo nascimento do primeiro filho, reluzia em sua cintura. Seus sapatos martelavam o chão para marcar sua presença. Os empregados se afastavam e se inclinavam, respeitosos, na esperança de receber uma gorjeta digna da realeza. Com um olhar de desprezo, ela olhava para os presentes. Seu bico de criança mimada indicava a Modou a mesa escolhida. Com um gesto, como num passe de mágica, várias garrafas se alinhavam a sua frente. Ela se exibia aos jovens e desejava lhes impor sua forma de vitória. Incontestavelmente bela e desejável, Binetou! "Encantadora!", reconhecíamos. Mas, passado o momento de admiração, era ela que abaixava a cabeça diante de casais adornados apenas pela juventude e plenos da própria felicidade.

A música unia e afastava os casais, ora lenta e alegre, ora trepidante e endiabrada. Quando o trompete explodia apoiado pelo frenesi do tam-tam, os jovens dançarinos excitados e incansáveis tremiam, saltavam, cabriolavam, exprimiam sua alegria; Modou se esforçava para acompanhar. As luzes frias o entregavam ao sarcasmo impiedoso de alguns que o taxavam de "lobo entre cordeiros". Que importava! Ele tinha Binetou em seus braços. E estava feliz.

Exausta, Binetou observava com olhar desiludido a evolução de seus pares. A imagem da vida que ela havia assassinado lhe partia o coração.

Às vezes, Daba também frequentava as casas noturnas, apesar de meus protestos. Vestida sem muito cuidado, parecia suspensa nos braços de seu noivo; de propósito, ela chegava mais tarde para ficar bem à vista do pai. Era um confronto grotesco: de um lado, um casal díspar; de outro, dois seres harmônicos.

E a noite acalentava a extrema tensão que opunha as duas ex-amigas, um pai a sua filha e um genro a seu sogro.

16

Eu sobrevivia. Além das minhas antigas obrigações, eu assumia as de Modou.

A compra básica de comida mobilizava todo o dinheiro no fim do mês; eu me virava para não ficar sem tomates ou óleo, sem batatas ou cebolas, nos períodos em que escasseavam nos mercados; eu estocava sacos de arroz "siam" que os senegaleses adoram. Meu cérebro praticava uma nova ginástica financeira.

As datas limite de pagamento das contas de luz ou de água exigiam minha atenção. Eu costumava ser a única mulher na fila de espera.

Trocar a fechadura e as trancas de portas quebradas, trocar os vidros quebrados, tudo era tão trabalhoso quanto buscar um encanador para socorrer os vasos sanitários entupidos. Meu filho Mawdo Fall reclamava de ter de trocar as lâmpadas queimadas.

Eu sobrevivia. Livrei-me da minha timidez para encarar sozinha as salas de cinema; durante todo o mês, eu me sentava em meu lugar, cada vez menos incomodada. Observavam a mulher madura sem companhia. Eu fingia indiferença, até que a raiva martelasse meus nervos e minhas lágrimas reprimidas embaçassem meus olhos. Eu comparava, diante daqueles olhares atônitos, a parca liberdade dada à mulher.

No cinema, as sessões da tarde me satisfaziam. Elas me davam coragem para encarar a curiosidade de uns e de outros. E não me afastavam por muito tempo de meus filhos.

O cinema! Que poderosa distração da angústia! Filmes intelectuais, de tese, filmes sentimentais, filmes policiais, comédias, filmes de suspense foram meus companheiros. Deles eu tirava lições de grandeza, de coragem e de perseverança. Eles aprofundavam e ampliavam minha visão do mundo, graças às suas contribuições culturais. Esquecia meus tormentos compartilhando os de outra pessoa. Cinema, distração barata, capaz de provocar uma alegria saudável.

Eu sobrevivia. Quanto mais eu refletia, mais eu me via grata a Modou por ter cortado todo contato. Tinha a solução desejada por meus filhos — a ruptura — sem ter de tomar a iniciativa. Não havia mentira. Modou me afastara de sua vida e comprovava isso com sua atitude, que não dava margem a dúvida.

Que fazem outros esposos? Perdem-se na indecisão; impõem sua presença onde não há mais sentimentos, nem nada que os interesse. Nada os faz vibrar em seus lares: a mulher arrumada, o filho cheio de abraços carinhosos, a refeição servida com prazer. Permanecem frios. Não desejam nada além da passagem rápida do tempo. À noite, usando a desculpa do cansaço ou da doença, roncam profundamente; assim como saúdam espontaneamente o dia libertador que põe fim a sua tortura.

Não fui enganada, portanto. Eu não interessava mais a Modou e sabia disso. Fui abandonada: uma folha que voa, mas que nenhuma mão ousa recolher, como diria minha avó.

Eu enfrentava a situação bravamente. Cumpria minhas tarefas; elas ocupavam meu tempo e canalizavam meus pensamentos. Mas, à noite, minha solidão emergia, pesada. Não é fácil desfazer os tênues laços que unem dois seres ao longo de uma jornada marcada por provações. Eu experimentava, exumando cenas, conversas. Hábitos comuns ressurgiram no devido tempo. Nossas conversas noturnas me faziam uma falta atroz; sentia falta de nossas gargalhadas relaxantes ou cúmplices; sentia falta, como de ópio, de nossos ajustes cotidianos. Eu me comparava às sombras. A errância de meu pensamento afugentava todo o sono. Eu sublimava minha dor sem querer combatê-la.

A continuidade das transmissões radiofônicas me ajudava. Eu atribuía ao rádio um papel reconfortante. As melodias noturnas embalavam minha ansiedade. Eu ouvia letras de canções antigas e novas que despertavam esperança. Minha tristeza se dissipava.

Eu invocava avidamente, com todas as minhas forças, um "outro" que substituísse Modou.

Um despertar penoso sucedia-se às noites. O amor maternal me sustentava como um pilar ao qual eu devia apoio e afeição.

Conseguiria Modou mensurar o enorme vazio que seu lugar deixara nesta casa? Modou me daria forças maiores que as minhas para apoiar meus filhos?

Eu assumia um tom animado para acordar meu batalhão. O café quente perfumava o ar. Muita espuma no banho, assim como os risos e as brincadeiras. Um novo dia e o esforço aumentava! Um novo dia e a espera...

Esperar o quê? Meus filhos dificilmente aceitariam outra presença masculina. Tendo condenado o pai, conseguiriam ser tolerantes com outro? Que homem teria coragem de encarar doze pares de olhos hostis que o dissecariam sem cerimônia?

Esperar! Mas esperar o quê? Eu não era divorciada... Eu era abandonada, a folha voando que nenhuma mão ousa recolher.

Eu sobrevivia. Conheci a falta de transporte coletivo. Meus filhos passavam por essa dura aprendizagem rindo. Um dia, escutei Daba aconselhá-los: "Principalmente não digam à mamãe como ficamos sufocados no ônibus na hora de pico".

Eu chorava de alegria e de tristeza juntas: alegria por ser amada por meus filhos, tristeza por ser uma mãe que não tinha meios para mudar o curso das coisas.

Eu te contei, na época, sem pensar duas vezes, esse aspecto penoso de nossa vida, enquanto o carro de Modou levava a Sogra para passear pelos quatro cantos da cidade e Binetou circulava nas avenidas com um Alfa Romeo, às vezes branco, às vezes vermelho.

Nunca vou me esquecer da sua reação, minha irmã. Jamais esquecerei a alegria e a surpresa que tive quando, chamada na concessionária Fiat, me disseram para escolher um carro, que você se encarregaria de pagá-lo integralmente. Meus filhos soltaram gritos de alegria ao tomarem ciência do fim próximo daquele calvário, que continua sendo o cotidiano de muitos outros alunos.

A amizade tem grandezas desconhecidas ao amor. Nas dificuldades, ela se fortalece, enquanto as restrições massacram o amor. Ela resiste ao tempo que cansa e desune os casais. Ela tem nobrezas desconhecidas do amor.

Você me ajudou em meio às suas privações, você, a joalheira.

E eu aprendi a dirigir, superando meu medo. O espaço estreito entre o volante e o banco era meu. A embreagem pressionada faz a velocidade deslizar. O freio ralenta e, para acelerar, é necessário apertar o acelerador. Eu desconfiava do acelerador. À menor pressão dos pés, o carro avançava. Meus pés aprenderam a dançar sobre os pedais. Eu dizia a mim nos momentos de desânimo: "por que essa Binetou dirige e não eu"? Eu me dizia: "não decepcione Aïssatou". Venci essa batalha de nervos e de sangue-frio. Recebi minha carta de motorista e contei a você a novidade.

E lhe disse: e agora... Meus filhos no banco de trás do Fiat 125 creme. Graças a você, meus filhos podem encarar a opulenta Sogra e sua frágil filha nas ruas da cidade.

Modou surpreso, incrédulo, queria saber a procedência do carro. Ele nunca aceitou a verdadeira história. Ele também acreditava, como a mãe de Mawdo, que a joalheira não tinha coração.

17

Eu suspiro.

Contei ao mesmo tempo sua história e a minha. Falei o essencial, porque a dor, mesmo antiga, provoca as mesmas lacerações no indivíduo quando a evocamos. Sua decepção foi a minha, assim como minha renúncia foi a sua. Perdoe-me ainda se eu remexi sua ferida. A minha continua a sangrar.

Você vai me dizer: a vida não é suave. Tropeçamos em arestas ásperas. Eu também sei: nenhum casamento é suave. Sempre reflete diferenças de caráter e de potencial sentimental. Num determinado casamento, o homem é vítima de uma mulher volúvel ou fechada em suas próprias preocupações, que evita todo diálogo e queima qualquer momento de ternura; em outro, o alcoolismo é o mal que consome saúde, bens e paz. Encena a desordem do indivíduo que destrói, em espetáculos grotescos que minam a dignidade; em dramas nos quais socos são argumentos sólidos e a lâmina ameaçadora de uma faca, um apelo infalível ao silêncio.

Ou então reina a tentação do ganho fácil: jogadores incorrigíveis nas mesas verdes ou sentados à sombra de uma árvore. Atmosfera superaquecida de salas cheias de odores demoníacos, olhares crispados de jogadores tensos. A valsa satânica das cartas engole o tempo, os bens, a consciência e só cessa com o último suspiro daquele que se habituou a embaralhá-las.

Tento identificar minhas falhas no fracasso do meu casamento. Eu me doei livremente, dei mais do que recebi. Sou daquelas que só conseguem se realizar ou florescer a dois. Nunca conheci a alegria fora do casal, mesmo entendendo você, mesmo respeitando a escolha de mulheres livres.

Amava minha casa. Você é testemunha de que eu criei um refúgio de paz, onde tudo tem seu lugar, uma sinfonia harmoniosa de cores. Você conhece minha sensibilidade, o imenso amor que consagrei a Modou. Você é testemunha de que, mobilizada noite e dia a serviço dele, antecipava seus menores desejos.

Fiz as pazes com a família dele. Apesar de ele ter desertado de nosso lar, seu pai e sua mãe, Tamsir, seu irmão, continuaram frequentando minha casa, assim como suas irmãs. Meus filhos também cresceram sem problemas. Seus sucessos na escola eram meu orgulho, tanto quanto os louros jogados aos pés do meu senhor.

Modou nunca foi um prisioneiro. Ele usava seu tempo como queria. Eu entendia bem seu desejo de relaxar e ser livre. Ele se realizava fora de casa em suas atividades sindicais a seu bel-prazer.

Tento rastrear as fraquezas da minha conduta. Minha vida social poderia ter sido tumultuada e ofuscar o caminho sindical de Modou. Um homem enganado e desrespeitado por sua família conseguiria se impor aos demais? Um homem cuja esposa faz mal seu trabalho poderia exigir uma justa remuneração pelo trabalho alheio sem constrangimento? A agressividade e a condescendência de uma mulher canalizam para seu esposo o desprezo e a raiva que sua conduta gera. Simpática, ela consegue angariar apoio para uma causa sem qualquer ideologia. Em suma, o sucesso de todo homem se baseia no apoio feminino.

Então me pergunto. Por quê? Eu me pergunto. Por que Modou se separou? Por que ele introduziu Binetou entre nós?

Você responderá de forma lógica: as inclinações nascem do nada, às vezes uma expressão do rosto ou um meneio de cabeça seduzem um coração e o conquistam.

Eu me pergunto. Minha verdade é que, apesar de tudo, eu continuo fiel ao amor de minha juventude. Aïssatou, eu choro por Modou e não há nada que eu possa fazer.

18

Ontem cumpri, como se deve, o quadragésimo dia da morte de Modou. Eu o perdoei. Que Deus receba as preces que faço cotidianamente por ele. Celebrei o quadragésimo dia em recolhimento. Os iniciados leram o Corão. Suas vozes fervorosas subiram ao céu. É necessário que Deus acolha você entre os escolhidos, Modou Fall.

Após os atos de piedade, Tamsir veio se sentar na poltrona azul do meu quarto, onde você gostava de descansar. Inclinando a cabeça para fora, ele acenou para Mawdo; também sinalizou para o imã da mesquita do bairro. O imã e Mawdo se juntaram a ele. Dessa vez, é Tamsir quem fala. Semelhança impressionante entre Modou e Tamsir; os mesmos tiques da inexplicável lei de hereditariedade. Tamsir fala cheio de confiança; ele evoca (de novo) meus anos de casamento, e conclui: "Depois de sua 'saída' (subentendido: do luto), eu me caso com você. Você é apropriada para mim como mulher e continuará a viver aqui, como se Modou não tivesse morrido. Em geral, é o irmão mais novo que herda a esposa deixada por seu irmão mais velho. Aqui é o contrário. Você é minha sorte. Eu me caso com você. Eu prefiro você à outra, muito leve, muito jovem. Eu havia desaconselhado esse casamento a Modou".

Que declaração de amor mais presunçosa em uma casa cujo luto ainda não tinha sequer terminado. Que segurança e que empáfia mais pacíficas! Olho Tamsir direto em seus olhos. Olho para Mawdo. Olho para o imã. Fecho meu xale negro. Passo os dedos por meu *masbaha*. Dessa vez eu vou falar.

Minha voz conhece trinta anos de silêncio, trinta anos de insultos. Ela explode violenta, ora sarcástica, ora com desprezo.

— Você já sentiu algum afeto por teu irmão? Você quer construir um novo lar sobre um cadáver ainda quente. Enquanto nós rezamos por Modou, você pensa em futuros casamentos.

"Ah, sim: você calcula preceder todos os possíveis pretendentes, preceder Mawdo, o amigo fiel, que tem mais bens que você e que, assim como você, segundo o costume, também pode herdar a esposa. Você esquece que tenho um coração, uma razão, que não sou um objeto que passa de mão em mão. Você ignora o que o casamento significa para mim: é um ato de fé e de amor, um presente de si ao ser que foi escolhido e que te escolheu." (Enfatizei a palavra 'escolha').

"E suas esposas, Tamsir? Seu ganho não cobre nem as necessidades delas, nem as das suas dezenas de filhos. Para complementar a renda, uma de suas esposas faz trabalhos de tinturaria, outra vende frutas, a terceira gira incansavelmente a manivela de uma máquina de costura. Você descansa confortavelmente como venerado senhor, obedecido pelo dedo e pelo olhar. Não serei jamais o complemento de sua coleção. Minha casa não será jamais para você esse oásis cobiçado: sem custos adicionais; todos os dias, eu de turno;[40] e você aqui na propriedade de luxo, na abundância e na calma."

"E ainda há Daba e seu marido, que demonstraram ter capacidade financeira comprando todas as propriedades do seu irmão. Que promoção! Seus amigos vão olhar para você com inveja."

Mowdo me fazia sinais com a mão:

— Cale-se, cale-se! Pare! Pare!

Mas não é possível deter a fúria quando ela estoura. Eu concluo, mais violenta do que nunca:

— Tamsir, vomite seus sonhos de conquista. Eles duraram quarenta dias. Jamais serei sua esposa.

O imã tomou Deus como testemunha:

— Que palavras profanas, e em roupas de luto...

Sem uma palavra, Tamsir se levantou. Ele entendeu bem sua derrota.

Assim, me vinguei daquele dia em que os três me anunciaram, casualmente, o casamento de Modou Fall e Binetou.

40 N.O.: Estadia regulamentada no quarto de cada esposa do polígamo.

19

Aïssatou, mesmo em trajes de luto, não tenho um minuto de sossego.

Depois de Tamsir, Daouda Dieng... Você se lembra dele. Daouda Dieng, meu antigo pretendente. À sua maturidade, preferia inexperiência; às suas grandezas, a pobreza; à sua ponderação, a espontaneidade; à sua estabilidade, a aventura.

Ele foi ao enterro de Modou. O envelope que entregou a Fatim continha uma alta soma. E seu olhar insistente dizia tudo... obviamente.

A seu respeito, creio ser verdade o que ele nos dizia brincando, quando o acaso fazia com que nos encontrássemos: não se esquece jamais o primeiro amor.

Depois que Tamsir foi eliminado naquele dia memorável em que assassinei suas aspirações de pretendente; depois de Tamsir, portanto, Daouda Dieng se candidatava à minha mão! Daouda Dieng era o preferido de minha mãe. Ouço sua voz persuasiva me aconselhando: uma mulher deve se casar com o homem que a ama, nunca com o homem que ela ama; é o segredo da felicidade duradoura.

Daouda Dieng estava bem conservado se comparado a Mawdo e Modou. À beira da velhice, ele resistia aos repetidos ataques do tempo e da atividade. Um conjunto cinza de bazin[41] bordado o vestia com elegância. Ele continuava sendo o mesmo homem bem-tratado, meticuloso, recém-barbeado. Seu sucesso transparecia sem condescendência. Deputado na Assembleia Nacional, manteve-se acessível com gestos precisos que apoiavam suas decisões. Seus cabelos ligeiramente prateados lhe conferiam charme.

Por três anos, impôs-se na briga política pela seriedade de suas ações e a clareza de seu verbo. Seu carro, com o brasão distintivo das cores nacionais, estacionou na calçada oposta.

Como eu preferia seu movimento à segurança arrogante de Tamsir! O tremor de seus lábios o traía. Seu olhar percorria meu rosto. Eu me encouraçava em banalidades: "E Aminata (sua esposa)? E as crianças? E seu consultório? E a Assembleia Nacional?"

Minhas perguntas jorravam ininterruptamente, tanto para deixá-lo à vontade quanto para renovar o diálogo interrompido há tanto tempo. Ele respondia brevemente. Mas minha última pergunta o fez levantar os ombros para enfatizar o "ela está bem", lançado como um desafio.

Afirmei: "Ela deve estar bem, essa Assembleia masculina!"

Acrescentei um tom provocativo ao meu comentário, en-

41 N.T.: Tecido típico africano, com bordados.

quanto revirava os olhos. O feminino, sempre ele, até no luto, você aponta, você quer seduzir, quer ser interessante!

Daouda não é tonto. Ele sabia que eu queria tirá-lo do embaraço e rasgar a cortina do silêncio e do incômodo que nos separava, costurada pelos longos anos e por minha antiga recusa de me casar com ele.

— Sempre rebelde, Ramatoulaye! Por que essa afirmação irônica e essa qualificação vergonhosa se há mulheres na Assembleia?

— Quatro mulheres, Daouda, quatro em uma centena de deputados. Que proporção ridícula! Não há sequer uma representação regional!

Daouda riu seu riso franco, comunicativo, que me açoitava.

Nossas risadas sonoras se misturaram. Reparei em seus dentes brilhantes e alinhados, encimados pelo acento circunflexo de um bigode preto, penteado e muito liso. Ah! Esses dentes sem espaçamento haviam ganhado a confiança de minha mãe. "Mas vocês são explosivas, vocês, mulheres. Vocês destroem. Vocês massacram. Imagine um número grande de mulheres na Assembleia. Tudo iria pelos ares, tudo queimaria."

E rimos novamente.

Disse, franzindo o cenho: "Mas não somos incendiárias! Talvez combustível!". E argumentei: "Em muitas áreas, e sem conflito, nós nos beneficiamos do aprendizado bastante significativo do que veio de fora, de concessões arrancadas das aulas de história. Temos direito, tanto quanto vocês, à instrução que pode levar nossa capacidade intelectual ao limite. Temos direito ao trabalho alocado de forma imparcial e remunerado justamente. O direito ao voto é uma arma séria. E finalmente foi promulgado o Código da Família,[42] que restitui à mais humilde das mulheres sua dignidade tantas vezes violada.

"Mas, Daouda, as restrições permanecem; mas, Daouda, as velhas crenças renascem; mas, Daouda, o egoísmo emerge, o ceticismo aparece quando se trata da coisa pública. Reserva de caça com raiva e rosnados."[43]

"Quase vinte anos de independência! Quando teremos a primeira-ministra mulher associada às decisões que orientam o futuro de nosso país? E apesar do ativismo e da capacidade das mulheres, o comprometimento desinteressado delas não precisa mais ser demonstrado. A mulher alçou mais de um homem ao poder."

Daouda me escutava. Mas, muito mais do que minhas ideias, eu tinha a impressão de que minha voz o cativava.

E eu prosseguia: "Quando a sociedade educada conseguirá se determinar não em função do sexo, mas por critérios de valor?"

Daouda Dieng saboreou a tepidez do sonho interior que projetou em mim. Eu me empolguei, como um cavalo por muito tempo imobilizado que foi libertado e se encheu de espaço. Ah, a alegria de ter em sua frente um interlocutor, e também um amante.

42 N.T.: O Código da Família Senegalesa, de 1972, envolve o direito de herança do sistema colonial francês, a religião muçulmana e as tradições senegalesas. Continua sendo tema de debates acalorados em prol da situação da mulher. Acesso em: 7 abr. 23: http://www.afrique-gouvernance.net/bdf_document-1711_fr.html#:~:text=-le%20Code%20de%20la%20famille%20de1972%20est%20un%20compromis%20entre,le%20statut%20de%20la%20femme.

43 N.T.: Expressão usada no comércio como reserva de mercado.

Eu continuava a mesma Ramatoulaye... um pouco rebelde.

Eu provocava Daouda Dieng com meu ardor. Ele era um homem de justiça e lutava, sempre que a situação assim o exigia, por mais justiça social. Não fora o gosto pela ostentação e pelo luxo que o haviam levado à política, mas sim seu amor ao próximo, a fúria do reparador de erros e injustiças.

"Com quem você está falando, Ramatoulaye? Sua fala ecoa minhas intervenções na Assembleia Nacional, onde fui taxado de 'feminista'. Não sou o único a insistir em mudar as regras do jogo e inoculá-lo com um novo alento. A mulher não deve mais ser o acessório que adorna. O objeto que substituímos, a companheira que elogiamos ou acalmamos com promessas. A mulher é a raiz primeira e fundamental da nação, onde se enxerta toda contribuição, de onde também parte toda a floração. É necessário encorajar a mulher a se interessar ainda mais pelo destino de seu país. Até mesmo você que protesta preferiu seu marido, sua classe, os filhos, à coisa pública. Se os homens militam sozinhos nos partidos, por que pensariam nas mulheres? É uma reação humana servir a si mesmo de um pedaço maior quando se divide o bolo."

"Não seja egoísta em sua reação. Abrace o destino de todos os cidadãos do seu país. Nenhum de nós está com a vida ganha, nem mesmo nós que somos considerados ricos, muito estáveis financeiramente, enquanto todas as nossas economias vão para a manutenção de um ávido clientelismo eleitoral que acredita ter-nos promovido. Não é simples desenvolver um país. Quanto mais alguém é responsável, mais sente; a miséria nos corta o coração e você não tem controle sobre isso. Estou falando de todas as misérias materiais e morais. O bem-estar requer estradas, casas decentes, poços, dispensários, medicamentos, sementes. Estou entre aqueles que defendem o rodízio das regiões em que se celebra a Festa de Independência. A iniciativa é boa, pois permite investimentos e transformações regionais."

"É necessário dinheiro, uma montanha de dinheiro, que conseguimos com outros países conquistando sua confiança. Com a nossa única estação de chuvas e nossa monocultura, o Senegal não vai muito longe, mesmo que esteja cheio de coragem."

A noite caía rapidamente, apressada em escurecer seres e coisas; ela atravessava as persianas da sala. O convite do muezim à reza do "Timiss" era persuasivo. Ousmane ficou na ponta dos pés e apertou o interruptor. A luz brota e nos inunda brutalmente.

Daouda, que não ignorava as restrições de minha situação, levantou-se. Ergueu Ousmane alto em direção à lâmpada e Ousmane riu levantando os braços. Então o colocou no chão. "Vejo você amanhã", disse ele. "Eu vim por outro motivo. Você me conduziu à discussão política. Toda discussão é enriquecedora. Até amanhã", ele repetiu.

Ele sorriu: fileiras perfeitas de dentes bem alinhados. Sorriu, abriu a porta. Ouvi seus passos se afastarem. Um instante e o rugido de seu potente carro o levou para casa.

O que ele diria a Aminata, sua esposa e prima, para justificar seu atraso?

Daouda Dienga voltou no dia seguinte. Mas, infelizmente para ele e felizmente para mim, a visita de minhas tias maternas impediu que ele se expressasse livremente. Ele não ousou continuar.

20

Hoje é sexta-feira. Tomei um banho purificador. Ainda sinto seu efeito revigorante que, por meus poros abertos, me alivia.

O cheiro do sabonete me envolve. Roupas limpas substituem meu traje amassado. Esse cuidado comigo mesma me encanta. Diante de tantos olhares, acho que uma das qualidades essenciais da mulher é o asseio. Até a mais humilde cabana agrada se a ordem e a higiene reinam; a moldura mais luxuosa não seduz se estiver coberta de poeira.

As mulheres chamadas de "donas de casa" têm méritos. O trabalho doméstico que assumem e que não é remunerado em moeda corrente é essencial no lar. A recompensa delas continua sendo a pilha de roupas cheirosas e bem passadas, os ladrilhos brilhantes onde os pés deslizam, a cozinha alegre, perfumada pelo molho. Suas ações mudas são sentidas nos menores detalhes, que têm sua utilidade: aqui, uma flor desabrochando em um vaso; lá, uma pintura, com cores apropriadas, pendurada no lugar certo.

A ordenação da casa requer arte. Um aprendizado árduo, que nunca termina. Até a elaboração de um cardápio não é simples, se pensarmos na duração de um ano em termos de número de dias, cada um com três refeições. A gestão do orçamento familiar exige flexibilidade, vigilância e prudência, na ginástica financeira que conduz a mulher a saltos mais ou menos perigosos, do primeiro ao último dia do mês.

Ser mulher! Viver como mulher! Ah, Aïssatou!

Esta noite estou agitada, mas não se preocupe. O sabor da vida é o amor. O sal da vida é, de novo, o amor.

Daouda voltou. Um conjunto bordado tingido de azul havia substituído o traje cinza da primeira visita e o chocolate da segunda.

Ele atacou ainda na soleira, em tom igual ao meu em nosso primeiro encontro, sem respirar: "Como vai você? E as crianças, sua Assembleia? E Ousmane?" Ao ouvir seu nome, Ousmane apareceu, boca e bochecha pintadas com o chocolate que lambiscou o dia inteiro.

Daouda agarra esse projeto de homem que se debate, balançando as pernas. Então o liberta com um tapinha amigável na bunda e um livro ilustrado na mão. Ousmane, gritando de alegria, corre para mostrar seu presente ao resto da família. "Nenhuma visita? Estou presidindo o debate hoje... eu, da Assembleia Masculina". E riu, malicioso. "Não pense que critico por prazer. Os princípios da democracia que mudam a situação do cidadão, dos quais seu partido pode se vangloriar, me seduzem. O socialismo, que é o cerne de sua ação, é a expressão das minhas aspirações mais profundas, se for adaptado à nossa realidade, como diz seu secretário político. A brecha que ele abriu não é desprezível e o Senegal oferece a cara nova da liberdade redescoberta."

"Eu aprecio tudo isso, ainda mais porque, acima e abaixo de nós, à nossa direita, partidos únicos são impostos. O partido único jamais traduz a expressão unânime dos cidadãos. Se todos os indivíduos saíssem do mesmo molde teríamos um coletivismo terrível. As diferenças geram choques que podem ser benéficos ao desenvolvimento de um país, se emanarem de verdadeiros patriotas cuja única ambição é a felicidade dos cidadãos."

— Uma trégua da política, Ramatoulaye. Eu me recuso a continuar com isso como no outro dia. Estou saturado de "democracia", "liberdade", "luta" e, sei lá, tantas expressões que me afogam cotidianamente. Trégua, trégua, Ramatoulaye. Escute-me um pouco: a Rádio Peão me informou de sua recusa em casar-se com Tamsir. É verdade?

— Sim.

— Eu, do meu lado, venho, pela segunda vez na vida, pedir sua mão... naturalmente, quando sair do luto. Tenho por você os mesmos sentimentos de antes. A distância, seu casamento e o meu não minaram meu amor por você. Melhor ainda, a distância o aguçou; o tempo o consolidou; meu amadurecimento o despojou; eu te amo poderosamente, mas com razão. Você é uma viúva com filhos pequenos. Eu sou chefe de uma família. Cada um de nós tem sua carga de "vivência" que pode ajudar na compreensão do outro. Eu abro meus braços para uma nova felicidade, você quer?

Meus olhos se arregalaram, não de surpresa — uma mulher pode prever uma declaração desse tipo de maneira infalível —, mas de euforia.

Ah, sim, Aïssatou, as palavras desgastadas que se usava, que ainda se usa, me pegaram. A gentileza delas, da qual me via abstêmia há tantos anos, me embriagou: eu não tenho vergonha de admitir isso para você.

Razoavelmente, o deputado concluiu:

— Não me responda agora. Reflita sobre meu pedido. Volto amanhã no mesmo horário.

Como que envergonhado por suas próprias revelações, Daouda saiu, depois de sorrir para mim.

Minha vizinha Farmata, a griô, entrou como um furacão atrás dele, animada. Ela estava sempre olhando o futuro com seus búzios e a menor concordância de suas previsões com a realidade a exaltavam.

— Encontrei o homem forte e rico das "calças duplas" dos búzios. Ele me deu cinco mil francos.

Ela piscou seus olhos penetrantes e profundos, sempre dispostos a desvendar mistérios:

— Fiz para você a oferenda recomendada, de duas nozes-de-cola, branca e vermelha — me confessou. — Nossas sortes estão ligadas. Sua sombra me protege. Não se abate a árvore em cuja sombra nos aninhamos. Rega-se. Zela-se.

Grande Farmata, como você estava longe do meu pensamento! A agitação em que eu me debatia e que você pressentia não era sinal de tormentos amorosos.

21

Amanhã? Que tempo curto de reflexão para um compromisso de vida decisivo, sobretudo se essa vida conheceu, no passado recente, as lágrimas amargas da desilusão! Revejo o olhar inteligente de Daouda Dieng, o movimento voluntário dos lábios que contrastava com a suavidade que emanava desse ser profundamente caridoso, que retinha do outro apenas o que havia de melhor nele. Eu sabia penetrá-lo como um livro aberto, em que cada signo era símbolo, mas um símbolo facilmente traduzível.

Meu coração não bate mais de alegria diante do turbilhão de palavras ditas. A sinceridade das palavras me toca, mas não me arrebata; minha euforia, nascida da fome e da sede de ternura, se esvai com o passar das horas.

Não consigo me regozijar. A festa preconizada não me tenta. Meu coração não ama Daouda Dieng. Minha razão aprecia o homem. Mas o coração e a razão muitas vezes discordam.

Como eu gostaria de estar mobilizada por esse homem e de poder dizer sim! Não que pese em mim a lembrança do falecido. Os mortos não têm nada além do peso que lhes concedemos ou o peso das bênçãos que espalharam. Não que a existência de meus pequenos me incomode; ele poderia representar o papel do pai que os abandonou. Trinta anos depois, a mesma recusa do meu ser me condiciona a ser só. Não consigo encontrar uma causa definível. Nossos fluidos se opõem. A reputação de seriedade de Daouda Dieng está bem estabelecida.

Bom esposo? Sim. O rumor público, tão maldoso e tão ávido de mexericos no que concerne às personalidades, nunca falou de escapadas que o alcançassem. Sua esposa e prima, casada cinco anos após meu casamento, por dever cívico, e não por amor (mais uma expressão masculina para explicar uma ação natural) lhe deu filhos. Mulher e filhos, colocados por esse homem cumpridor de seus deveres num pedestal de respeitabilidade, ofereciam-lhe um refúgio invejável, que era sua obra.

Ele nunca aceitou uma homenagem sem sua esposa. Ele a associava à sua ação política, às suas numerosas viagens, aos diversos apoios que o lhe solicitavam e ampliavam seu eleitorado.

Farmata, a griô dos búzios, antes de ir embora, me disse: "Sua mãe tinha razão. Daouda é maravilhoso. Que *guer*[44] hoje em dia dá cinco mil francos? Daouda nem trocou de mulher, nem abandonou os filhos; se ele voltou a te procurar, você, velha e sobrecarregada com a família, é porque ele te ama; ele é capaz de sustentar você e seus filhos. Reflita. Aceite."

44 N.O.: Nobre.

Todas as vantagens! Mas o que são essas benesses diante da incontrolável lei da atração? Para evitar machucá-lo sob o meu teto, encarreguei Farmata, a griô dos búzios, a de levar-lhe um envelope fechado com a seguinte recomendação: "Entregue somente a ele esta carta, longe dos olhos da esposa e dos filhos".

Pela primeira vez eu havia recorrido a Farmata e isso me incomodava. Ela? Estava exultante, sonhava com esse papel desde a nossa juventude. Mas sempre agi sozinha; ela nunca se envolveu em meus problemas, somente era informada, como uma "conhecida qualquer", se queixava ela. Estava radiante, ignorando a mensagem cruel da qual era portadora.

O consultório médico de Daouda não ficava longe da casa "Fallène". Havia um ponto de ônibus a poucos metros de sua porta.

Esse consultório médico, fruto de um empréstimo bancário concedido pelo Estado aos médicos e farmacêuticos que assim o desejavam, permitiu que Daouda continuasse a exercer sua profissão. Ele tinha compreendido que um médico não tinha o direito de renegar sua profissão; "a formação de um médico é lenta, longa, trabalhosa e eles não são muitos; os médicos são mais úteis em sua profissão do que em qualquer outro lugar; se puderem conciliar o trabalho a outras atividades, tanto melhor; mas desistir de curar por outra coisa, que inconsciência!" Assim Daouda se explicava diante de nossos contatos em comum, como Mawdo Bâ e Samba Diack, seus colegas.

Farmata, portanto, esperou pacientemente sua vez e, ao se ver diante de Daouda, na sala de espera, entregou a ele o envelope fechado. Daouda leu:

Daouda,

Você persegue uma mulher que permaneceu a mesma, Daouda, apesar da intensa devastação do sofrimento.

Você que me amou, que me ama ainda — eu não tenho dúvidas — tente me entender.

Eu não tenho a elasticidade de consciência necessária para aceitar ser sua esposa enquanto somente a estima, justificada por suas muitas qualidades, me inclina em sua direção.

Não posso te oferecer nada além disso, mesmo que você mereça tudo. A estima não pode justificar uma vida conjugal da qual eu conheço todas as armadilhas aprendidas por minha própria experiência.

E a existência de sua esposa e de seus filhos complica ainda mais a situação. Abandonada ontem, pela ação de uma mulher, não consigo me introduzir alegremente entre você e sua família.

Você acredita que o problema da poligamia é simples. Quem trilha esse caminho conhece constrangimentos, mentiras, injustiças que pesam na consciência pela alegria efêmera de uma mudança. Tenho certeza de que o amor é o que te move, um amor que existia bem antes do seu casamento e que o destino não cumpriu.

É com tristeza infinita e lágrimas nos olhos que te ofereço minha amizade. Aceite-a, querido Daouda. É com prazer que eu o recebo em minha casa.

Vejo você em breve, não é mesmo?

Ramatoulaye

Farmata, que sorria ao entregar o envelope, me contou que seu rosto foi se contorcendo e perdendo o sorriso à medida que Daouda lia. Seu instinto e sua observação a aconselharam a vestir uma máscara de tristeza, porque Daouda levantava a sobrancelha, franzia a testa, mordiscava os lábios, soltava suspiros.

Daouda colocou minha carta sobre a mesa. Calmamente, encheu um envelope com um maço de notas azuis. Rabiscou em um bilhete a terrível fórmula que um dia nos separou e que adquiriu ao longo do seu curso de medicina:

"Tudo ou nada. Adeus."

Aïssatou, Daouda Dieng não retornou nunca mais.

"Bissimilah! Bissimilah![45] O que você ousou escrever e me fazer de mensageira? Você matou um homem. O rosto desconcertado me lembrou a morte. Você expulsou o enviado de Deus para pagar por seus sofrimentos. Deus te punirá por não ter seguido o caminho da paz. Você recusou a grandeza! Você viverá na lama. Desejo a você outro Modou que a faça verter lágrimas de sangue."

"Quem você pensa que é? Com cinquenta anos, você ousou quebrar o wolerél![46] Você está desperdiçando sua sorte: Daouda Dien, um homem rico, deputado, médico, de sua idade, com apenas uma esposa. Ele oferece segurança, amor, e você recusa! Muitas mulheres, mesmo com a idade de Daba, desejariam estar no seu lugar."

45 N.O.: Expressão árabe usada em vários contextos, abre todos os suras (capítulos) do Alcorão. Significa "Em nome de Deus, o Clemente, o Misericordioso".
46 N.O.: Antiga amizade.

"Você acha razões para si. Você fala de amor em vez de pão. Madame quer o coração em saltos. Por que não flores, como no cinema?"

"Bissimilah! Bissimilah! Você, tão murcha, quer escolher marido como uma moça de dezoito anos. A vida te reserva uma dessas surpresas e você, Ramatoulaye, morderá os próprios dedos. Não sei o que Daouda escreveu. Mas tem dinheiro no envelope. É um verdadeiro *Samba Linguère*[47] da noite dos tempos. Que Deus satisfaça, satisfaça Daouda Dieng. Meu coração está com ele."

Foi essa a reprimenda de Farmata, ao chegar de sua missão. Ela me irritou. A verdade dessa companheira de infância, pela amizade de nossas famílias, não podia ser a minha, mesmo em sua lógica interesseira... Mais uma vez, recusei-me a trocar meu ideal por um caminho de vida mais fácil. Voltei à solidão que um clarão havia iluminado por um momento. Vesti-a novamente como alguém que veste uma roupa familiar. Seu corte me caía bem. Movimentei-me com agilidade, sem desagradar Farmata. Eu desejava "algo mais" para viver. E esse "algo mais" não poderia existir sem a concordância do meu coração.

* * *

Com Tamsir e Daouda fora do caminho, não havia mais barreiras entre outros pretendentes e eu. Então me vi assediada por velhos que procuravam uma fonte de renda fácil, jovens

47 N.O.: Homem honrado.

em busca de aventuras para preencher o ócio. Minhas recusas sucessivas me renderam uma reputação de "loba" ou de "encalhada" na cidade.

Quem deixou essa matilha faminta me seguir? Porque meus encantos haviam desaparecido com a maternidade, o tempo, as lágrimas. Ah! A herança, a parte gorda conquistada por minha filha Daba e seu marido e colocada à minha disposição.

Eles lideraram a discussão quanto à partilha dos bens de Modou. Meu genro colocou sobre a mesa o adiantamento da casa no SICAP, e o custo de cinco anos de aluguel. A casa do SICAP voltou à minha filha que, com mandado judicial em mãos, listou seu conteúdo e a comprou.

A história da Vila "Fallène" era fácil de contar: o terreno e a construção vinham de um empréstimo bancário consentido havia dez anos, tendo como garantia nossos salários conjuntos. O conteúdo reformado dois anos atrás me pertencia e, para comprovar essa afirmação, eu apresentei as faturas. Restavam as roupas de Modou, aquelas que eu conhecia por tê-las escolhido e cuidado delas, e as outras... da segunda parte de sua vida. Eu tinha dificuldade de imaginá-lo nesses trajes de lobo novo... elas foram distribuídas a sua família.

As joias e presentes dados à segunda-sogra e à sua filha pertenciam a elas por direito.

A segunda-sogra soluçava, chorava. Estava sendo despojada de seus bens e implorava por piedade. Ela não queria se mudar.

Mas Daba é como todos os jovens, impiedosa. "Lembre-se, eu era a melhor amiga de sua filha. Você fez dela rival de minha mãe. Lembre-se. Durante cinco anos você privou uma mãe e seus doze filhos de sustento. Lembre-se. Minha mãe sofreu muito. Como uma mulher pode roubar a alegria de outra mulher? Você não merece nenhuma pena. Mude-se. Quanto à Binetou, ela é uma vítima, sua vítima. Lamento muito por ela."

A segunda-sogra soluçava. Binetou?... A indiferença em pessoa. Que lhe importava o que estava sendo dito? Ela já estava morta por dentro... desde o casamento com Modou.

22

Sinto-me cansada demais. O cansaço vem da minha alma e faz meu corpo pesar.

Ousmane, meu caçula, me entrega sua carta. Ousmane tem seis anos.

“É da tia Aïssatou.”

Ele tem o privilégio de me entregar todas as tuas cartas. Como ele as reconhece? Pelos selos? Pelos envelopes? Pela caligrafia cuidadosa que reflete você? Pelo cheiro de lavanda que delas emana? As crianças têm pontos de referência que diferem dos nossos. Ousmane saboreia sua descoberta. Ele se sente vitorioso.

As palavras carinhosas que me tranquilizam são bem suas. E você me avisa do “fim”. Eu calculo. Amanhã termina meu confinamento. E você estará lá, ao alcance de minha mão, de minha voz, de meus olhos.

“Fim ou recomeço?” Meus olhos descobrirão as menores alterações em você. Eu já fiz a conta das minhas: o confinamento me bronzeou. Preocupações me enrugaram; minha gordura derreteu. Muitas vezes tateio ossos onde antes havia carne.

O importante não será percebido em nosso corpo. O essencial é o que está em nosso coração, que é o que nos anima; o essencial é a qualidade da seiva que nos inunda. Muitas vezes você me provou a superioridade da amizade sobre o amor. O tempo e a distância, assim como as lembranças comuns, consolidaram nossos laços e tornaram nossos filhos irmãos e irmãs. Juntas, nos livraremos de nossas flores murchas ou enterraremos novas sementes para novas colheitas?

Ouço os passos de Daba. Ela acaba de vir do colégio Blaise Diagne, onde respondeu a uma convocação em meu lugar. Conflito entre Mawdo Fall, meu filho, e seu professor de Filosofia. Os embates entre os dois são frequentes na hora da entrega das redações corrigidas.

Entre Daba e Mawdo Fall a diferença de idade é significativa, devido a duas gestações interrompidas, como você sabe.

Esse conflito que Daba foi apaziguar é o terceiro em seis meses de aula. Mawdo Fall tem dons literários notáveis. Desde a sexta série, ele é o primeiro da classe nessa matéria; mas, este ano, por uma maiúscula esquecida, vírgulas omitidas, uma palavra mal escrita, seu professor lhe retirou um ou dois pontos. Consequentemente, Jean Claude, branco, sempre em segundo lugar, subiu para primeiro. O professor não tolera que um negro seja o primeiro em Filosofia. E Mawdo Fall protesta. Seguem-se sempre uma discussão, uma convocação.

Daba estava pronta para brigar com o professor em defesa do irmão. Mas eu contemporizei. A vida é um eterno compromisso. O essencial, explico, é a redação do exame... Esta cópia também ficará à mercê do seu corretor. Ninguém terá controle sobre ela. Então, por que se revoltar contra um professor por um ou dois pontos que não mudarão o destino de um aluno?

Sempre digo aos meus filhos: vocês são alunos mantidos por seus pais. Trabalhem para merecer o sacrifício deles. Estudem em vez de contestar. Uma vez adultos, para que seus pontos de vista tenham crédito, devem emanar um saber sancionado por diplomas. O diploma não é um mito. Certamente não é tudo. Mas coroa um saber, um trabalho. Amanhã, coloquem no poder quem quiserem, quem for conveniente. Será a escolha de vocês que mudará este país, e não a nossa.

Nossa atual sociedade está abalada em seus alicerces mais profundos, dividida entre a atração por vícios importados e a resistência feroz de antigas virtudes.

O sonho de uma ascensão social meteórica na sociedade impele os pais a dar mais conhecimento do que educação a seus filhos. A poluição se insinua tanto nos corações quanto no ar.

Nós somos aqueles do passado, "defasados ou ultrapassados", "em desintegração", talvez. Mas nós quatro fomos moldados com rigor, com a consciência limpa, e com interrogações vívidas e dolorosas dentro de nós. Nossos maridos, Aïssatou, por mais infeliz que tenha sido o resultado de nossas uniões, nossos maridos tinham grandeza. Eles lutaram o combate de suas vidas, mesmo que o sucesso lhes escapasse; não chegamos facilmente ao fim de um peso milenar.

Eu olho para os jovens. Onde estavam os olhos brilhantes prontos para retaliar quando a honra desrespeitada exigia reparação? Onde estava a confiança vigorosa que guiava para o dever toda uma concessão? O apetite de viver mata a dignidade de viver.

Você vê que estou me afastando do problema de Mawdo Fall.

O diretor da escola identifica bem o conflito Mawdo Fall--professor. Mas vá dar razão a um aluno contra um professor!

Daba está aqui, ao meu lado, leve, sorrindo com todos os dentes pela missão cumprida.

O trabalho doméstico não sobrecarrega Daba. Seu marido cozinha o arroz tão bem quanto ela, seu marido que proclama, quando lhe digo que ele "estraga" sua mulher: "Daba é minha esposa. Ela não é minha escrava, nem minha empregada".

Sinto amadurecer a ternura desse jovem casal, que é a imagem de casal como sonhei. Eles se identificam um com o outro, conversam sobre tudo para chegar a um acordo.

Mesmo assim, eu temo por Daba. A vida tem suas surpresas. Quando falo sobre isso com ela, ela encolhe os ombros: "Casamento não é uma corrente. É uma adesão recíproca a um programa de vida. E então, se um dos cônjuges não encontra mais sua parte nessa união, por que deveria ficar? Talvez seja Abou (seu marido), talvez seja eu. Por que não? A mulher pode tomar a iniciativa da ruptura".

Ela sempre pensou sobre tudo, essa criança... Ela costuma me dizer: "Eu não quero fazer política, não que o destino de meu país e sobretudo o destino das mulheres não me interessem. Mas, olhando para as contradições estéreis dentro do partido, olhando para a fome de poder dos homens, prefiro me abster".

"Não, não tenho medo da luta ideológica; mas, em um partido político, é raro que a mulher tenha projeção facilmente. O poder de decisão continuará por muito tempo nas mãos dos homens, embora a cidade, como todos sabem, seja assunto das mulheres. Eu prefiro minha associação onde não há nem rivalidade, nem divisão, nem calúnia, nem empurrões: não há cargos a compartilhar, nem lugares a prometer. A direção varia a cada ano. Cada uma de nós tem oportunidades iguais de fazer valer suas ideias. Somos aproveitadas segundo nossas competências em nossas manifestações e organizações que vão no sentido da promoção da mulher. Nossas receitas ajudam causas humanitárias; é uma militância tão útil quanto qualquer outra que nos mobilize, mas é uma militância sadia, que não tem outra recompensa que além da satisfação interior."

Sempre raciocionou, essa criança... Ela tinha pontos de vista sobre tudo.

Eu a observo, Daba, minha filha mais velha que me auxiliou admiravelmente com seus irmãos e irmãs. Foi Aïssatou, sua homônima, quem assumiu a administração da casa depois dela.

Aïssatou dá banho nos menores: Oumar, de oito anos, e Ousmane, seu parceiro. Os outros se viram bem. Aïssatou é ajudada em suas tarefas pelas gêmeas Amy e Awa, que ela ensina.

Minhas gêmeas são tão parecidas que, às vezes, as confundo. Elas são travessas e pregam peças em todo mundo. Awa trabalha menos que Aminata. Tão parecidas fisicamente, por que têm personalidades diferentes?

As crianças mais novas não apresentam problemas graves de cuidado e educação; limpos, alimentados, observados, meus filhos crescem com a certeza da batalha quase cotidiana contra machucados, resfriados, dores de cabeça, nas quais me esfalfo de tanto lutar.

É Mawdo Bâ quem vem ao meu socorro quando há doenças de verdade. Se eu condeno a fraqueza que quebrou os laços de vocês, sinceramente o abençoo pela ajuda que me dá. Apesar do abandono de nosso lar por seu amigo Modou, não importa a que horas, posso acordá-lo.

23

Meus filhos mais velhos me causam problemas. Meus tormentos diminuem diante da menção a minha avó que encontrava, na sabedoria popular, um ditado apropriado a cada acontecimento. Ela gostava de repetir: "A mãe de família não tem tempo para viajar. Mas ela tem tempo para morrer". Ela se lamentava quando, sonolenta, tinha de cumprir suas tarefas, apesar de tudo: "Ah! Por que eu não tenho uma cama para me deitar?".

Brincalhona, eu lhe apontava as três camas de sua casa. Ela se irritava: "A vida está diante de você, não atrás. Que Deus faça você se ver em minha situação". Eis-me aqui, hoje, "me vendo na situação dela".

Eu acreditava que uma criança nascia e crescia sem problemas. Eu acreditava que se traçava uma via reta e que ela a seguiria alegremente. Agora eu confirmava às minhas próprias custas as profecias de minha avó: "Nascer dos mesmos pais não cria necessariamente semelhanças nas crianças. Suas personalidades e características físicas podem diferir. De toda forma, elas costumam ser diferentes". "Nascer dos mesmos pais é como passar a noite em um mesmo quarto."

Para acalmar o medo do futuro que suas palavras poderiam suscitar, minha avó oferecia soluções: "Personalidades diferentes pedem métodos de recuperação diferentes". Rudeza aqui, compreensão ali. As palmadas que alcançam os pequenos vexam os mais velhos. Os nervos são submetidos cotidianamente à prova! Mas isso é o que cabe à mãe."

Brava avó, eu extraía de seu ensinamento e de seu exemplo a coragem que me fortalece diante de escolhas difíceis.

Uma noite dessas, eu surpreendi o trio (como nós as chamamos em casa) Arame, Yacine e Dieynaba fumando no quarto delas. Tudo na atitude delas denunciava o hábito: o modo de segurar o cigarro entre os dedos, de levá-lo graciosamente à altura dos lábios, de cheirá-lo como conhecedoras. As narinas tremiam e deixavam escapar a fumaça. E essas senhoritas inalavam e exalavam recitando as lições, enquanto escreviam os deveres. Elas saboreavam o prazer delas com gula, detrás da porta fechada, porque eu tento respeitar, o máximo possível, a privacidade delas.

Dieynaba, Arame e Yacine parecem comigo, dizem. Uma amizade prestativa as une, sustentada por múltiplas afinidades; elas formam um bloco, com as mesmas reações defensivas ou desafiadoras, frente aos meus outros filhos; elas usam juntas vestidos, calças, corpetes, têm quase o mesmo tamanho. Nunca tive de intervir nos conflitos delas. O trio tem a reputação de ser estudioso.

Mas daí a eu permitir que fumassem? Minha raiva as acertou como um raio. Fui pega de surpresa. Uma boca de mulher exalando o odor acre do tabaco, em vez de um hálito perfumado! Os dentes de mulher enegrecidos de nicotina, em vez de brilharem de brancura! Os dentes delas ainda estavam brancos. Como conseguiam realizar essa façanha?

Eu julgava afrontoso o uso de calças quando não temos, em nossa constituição, o relevo pouco excessivo das ocidentais. As calças salientam as formas roliças das negras e enfatizam as curvas profundas da cintura. Mas eu havia cedido ao frenesi dessa moda que cercava e provocava, em vez de liberar. Minhas filhas queriam "estar na onda", então eu tinha aceitado a entrada das calças nos guarda-roupas.

De repente, tive medo das consequências do progresso. Será que elas também bebiam? Quem sabe um vício poderia introduzir outro? Será que a modernidade pode vir sem a degradação dos costumes?

Seria eu responsável por ter dado liberdade demais a minhas filhas? Meu avô recusava o acesso de nossa casa aos jovens. Às dez horas da noite, com um pequeno sino na mão, ele advertia os visitantes de que a porta de entrada seria fechada. Ritmadamente, com as batidas do sino, ele dava a seguinte ordem: "Aquele que não mora aqui que se vá!"

Já eu deixava minhas filhas saírem de vez em quando. Elas iam ao cinema sem a minha companhia; elas recebiam amigas e amigos. Argumentos justificavam meu comportamento: a uma certa idade, irremediavelmente, o menino e a menina se abrem ao sentimento amoroso. Eu desejava que minhas filhas fizessem essa descoberta de maneira sadia, sem sentimento de culpa, sem dissimulação, sem aviltamento. Eu tentava conhecer suas relações; eu criava um clima propício a um bom relacionamento e à confiança.

E, vejam só, nesses encontros, adquiriram o hábito de fumar. E eu não sabia de nada, eu que queria controlar tudo. A sabedoria de minha avó vinha mais uma vez à minha mente: "Não importa quanto você encha uma barriga, ela cresce de qualquer maneira sem você saber".

Precisava pensar. Uma reorganização era necessária para conter o mal. À nova geração, um novo método, teria, sem dúvida, sugerido minha avó.

Eu aceitei ser antiquada. A perniciosidade do tabaco me era conhecida e eu não poderia compactuar com seu consumo. Minha consciência o rejeitava como eu rejeitava o álcool.

A partir daí, passei a perseguir seu odor sem parar. Ele brincava de esconde-esconde com minha vigilância. Dissimulado, irônico, provocava minhas narinas, depois sumia. Seu refúgio preferido era o banheiro, sobretudo à noite. Mas não ousou mais se espalhar, alerta e sem-vergonha.

24

Hoje, não consegui terminar como queria a oração do entardecer: gritos vindos da rua me fizeram saltar do tapete em que estava sentada.

De pé na varanda, vejo meus filhos Alioune e Malick chegarem, aos prantos. Eles estão em estado lamentável: roupas rasgadas, corpos empoeirados pela queda, joelhos ensanguentados sob as calças; um talho abre a manga direita do suéter de Malick; do mesmo lado, o braço pende miseravelmente. Uma das crianças que os apoiava explica: "Um rapaz de motocicleta atropelou Malick e Alioune. Estávamos jogando futebol."

Um homem jovem se aproxima, cabelos longos, óculos brancos, amuleto no pescoço. A poeira cinzenta da rua mancha sua roupa "jeans". Admoestado pelas crianças, com um ferimento vermelho no joelho, está visivelmente constrangido diante de tanta hostilidade. Com sotaque e gestos educados, em contraste com sua figura desalinhada, ele se desculpa: "Eu vi os meninos tarde demais quando virei à esquerda. Achei que rua estivesse livre nessa via de mão única. Não imaginava que os meninos tivessem feito um campo de futebol ali. Tentei frear, mas não adiantou. Bati nas pedras que delimitavam o gol. Arrastei na queda seus dois filhos, assim como três outros garotos. Me desculpe."

O rapaz da motocicleta me surpreende agradavelmente. Eu reajo dando uma bronca, mas não nele. Sei da dificuldade de dirigir nas ruas da cidade, sobretudo na medina, porque já andei por lá. A rua, para as crianças, é seu ambiente predileto. Quando tomam posse dela, nada mais importa. Correm por ela como diabos atrás da bola. Às vezes, o objeto de desejo é um trapo grosso, amarrado, arredondado. Que importa! O motorista só tem por refúgio seu freio, sua buzina, seu sangue-frio, abrem para ele um corredor pequeno e desorganizado, rapidamente fechado de novo na correria. Atrás dele, os gritos são retomados, ainda mais exaltados.

"Meu jovem, você não é responsável pelo que aconteceu. Meus filhos são os culpados. Eles driblaram minha vigilância, enquanto eu rezava. Pode ir, moço, ou melhor, espere que vou buscar álcool e algodão para seu machucado."

Aïssatou, sua homônima, traz álcool iodado e algodão. Ela cuida do desconhecido, depois de Alioune. Os meninos do quarteirão não aprovam minha reação. Eles desejam uma punição para o "culpado", eu os repreendo. Ah, as crianças! Provocam um acidente e ainda querem punição.

O braço pendente de Malick me parece quebrado. Está caído de uma maneira anormal. "Aïssatou, rápido, rápido. Leve-o para o hospital. Se você não encontrar Mawdo, vá para o pronto-socorro. Vá, vá, minha filha." Aïssatou se veste rapidamente e ajuda Malick a se limpar e a se trocar.

O sangue dos ferimentos, coagulados, desenha manchas escuras e repugnantes no chão. Esfregando-as com força, eu penso na identidade dos homens: o mesmo sangue vermelho irrigando os mesmos órgãos. Esses órgãos situados nos mesmos lugares cumprem as mesmas funções. Os mesmo remédios curam as mesmas doenças sob os mesmos céus, seja o indivíduo branco ou negro: tudo une os homens. Então, por que eles se matam em batalhas ignóbeis por causas fúteis diante dos massacres de vidas humanas? Que guerras devastadoras! E, apesar disso, o homem se toma por uma criatura superior. Para que lhe serve sua inteligência? Sua inteligência dá à luz tanto ao bem quanto ao mal, mais frequentemente ao mal do que ao bem.

Eu retomo meu lugar sobre um tapete decorado com uma mesquita verde, reservado somente para meu uso, assim como a chaleira para minhas abluções. Alioune, sempre fungando, empurra Osmane para tomar seu lugar ao meu lado, em busca de um consolo que eu lhe nego. Ao contrário, aproveito a ocasião para lhe passar um sermão:

— A rua não é quadra de esportes. Hoje você escapou dessa. Mas amanhã... Cuidado... Você vai quebrar alguma coisa como seu irmão.

Alioune protesta:

— Mas não tem quadra de esportes no bairro. As mães não querem que a gente jogue futebol na rua. O que vamos fazer então?

Sua argumentação é pertinente. É necessário que os responsáveis pelo urbanismo prevejam espaços para brincar, assim com oferecem espaços verdes.

Horas mais tarde, Aïssatou e Malick voltam do hospital onde Mawdo, mais uma vez, cuidou bem deles. O braço engessado de Malick me conta que o braço pendente estava realmente quebrado. Ah, como os garotos nos fazem pagar caro pela alegria de tê-los colocado no mundo.

Decididamente, minha amiga, é uma cascata de acontecimentos infelizes. Comigo é assim: quando o azar me pega, não me larga mais.

Aïssatou, sua homônima, está grávida de três meses. Farmata, a griô dos búzios, habilmente me conduziu a essa descoberta desastrosa. O rumor público já tinha, sem dúvida, a ferroado, ou talvez seu senso desenvolvido de observação simplesmente lhe tenha sido útil.

Cada vez que ela jogava seus búzios para cortar nossas discussões (nossos pontos de vistas divergiam sobre tudo), ela soltava seus "hum" de descontentamento. Com fortes suspiros, ela apontava na massa desordenada dos búzios: uma jovem garota grávida.

Eu tinha reparado no emagrecimento repentino de sua homônima, em sua falta de apetite, no inchaço nos seios: tantos sinais reveladores da gestação que ela segredava.

Mas a puberdade também transforma as adolescentes; ela as faz inchar ou emagrecer, as alonga. E depois, Aïssatou, um pouco depois da morte do pai, teve uma crise de malária controlada por Mawdo Bâ. O desaparecimento de suas curvas datava dessa época.

Aïssatou evitava engordar novamente para manter a cintura fina. Eu naturalmente colocava na conta dessa nova mania ela comer pouco e não gostar de certos tipos de pratos. Magra, as calças dançavam em seu corpo e, para minha grande alegria, ela só usava vestidos.

25

O pequeno Oumar um dia me avisou que Aïssatou estava vomitando no banheiro todas as manhãs, na hora do banho. Mas Aïssatou, ao ser interrogada, negou, falou da descarga de água misturada à pasta de dentes. Oumar não falou mais em vômito. Minha preocupação mudou de foco.

Como eu poderia imaginar a verdade que apareceu para mim como um golpe? Como eu poderia adivinhar que minha filha, que acalmou minha raiva quando do caso dos cigarros, estava jogando um jogo mais sério? O destino impiedoso ainda me surpreendia. Como sempre, sem armas de defesa.

Farmata insistia um pouco mais a cada dia na "jovem filha grávida" de seus búzios. Ela me mostrou. Ela sofria com seu estado. Sua atitude era eloquente: "Olhe! Mas apenas olhe. Este búzio isolado, oco e suspenso. Olhe este outro búzio que se adapta a ele, a parte branca para cima: como uma panela e sua tampa. A criança está no ventre, um corpo só com sua mãe. O grupo de dois búzios está isolado: é uma mulher sem par, portanto uma mulher sem marido. Mas como os búzios são pequenos, trata-se de fato de uma jovem."

E sua mão jogava e jogava novamente os búzios tagarelas. Eles se afastavam, se chocavam e se encavalavam. O tilintar anunciador ampliava a peneira e o mesmo grupo de dois búzios sempre se isolava, revelando uma angústia. Eu acompanhava a linguagem deles sem paixão.

Certa noite, dominada por minha ingenuidade, Farmata arriscou: "Pergunte às suas filhas, Ramatoulaye. Pergunte a elas. Uma mãe de família precisa ser pessimista".

Incomodada com a tenacidade das repetições e preocupada, aceitei a proposta. Com medo de me ver mudar de ideia, Farmata correu até o quarto de Aïssatou com seus passos de gazela e suas articulações finas. Ela saiu do quarto com um brilho de triunfo nos olhos. Aïssatou, em prantos, a seguia. Farmata expulsou Ousmane, aninhado em meu *boubou*, trancou a porta e declarou: "Os búzios não podem se enganar todos os dias. Se eles insistiram tanto, é porque há alguma coisa. Água e areia se misturam; formam lama. Recolha sua lama. Aïssatou não nega seu estado. Eu a salvei ao revelar o que é. Você não adivinhou nada. Ela não ousou se abrir. Você nunca sairia dessa situação".

A emoção obstruía minha garganta. Eu, tão rápida em protestar, me calei. Estupefata, eu sufocava de calor. Meus olhos se fecharam, depois se abriram de novo. Mordi a língua.

A primeira questão que vem à mente diante de uma situação como essa é: quem foi? Quem foi o autor desse crime, porque houve um crime; quem é o autor dessa injúria, porque há injúria! Quem ousou? Quem...? Quem...? Aïssatou fala de um certo Ibrahima Sall, que, em sua linguagem, muito rapidamente se transformaria em Iba, simplesmente.

Eu olhava completamente desconcertada para minha filha tão bem-criada, tão carinhosa comigo, tão servil em casa, tão eficaz em tudo. Como tantas qualidades podiam se aliar a esse comportamento?

Iba é aluno da universidade, estudante de Direito. Eles haviam se conhecido... na festa de aniversário de uma amiga. Iba ia, às vezes, pegá-la na escola, quando ela não "descia" ao meio-dia. Ele a convidara duas vezes a ir a seu quarto, na cidade universitária. Ela confessou se dar muito bem com ele! Não, Iba não havia pedido nada, nem exigido. Tudo havia acontecido naturalmente entre eles. Iba sabia de seu estado. Ele recusara os serviços de um amigo que queria "ajudá-lo". Ele gostava dela. Bolsista, estava decidido a se privar para sustentar o filho.

Ouvi aquilo tudo de uma só vez, daquela voz cheia de soluços entrecortados por fungadas, mas sem arrependimentos! Aïssatou baixou a cabeça. Eu a reconheci em sua narrativa simples. Eu a reconheci na doação completa ao amante, que conseguiu fazer a minha imagem e a dele coabitarem seu coração. Aïssatou baixou os olhos, consciente da dor que me esmagava, eu, que me calava. Minha mão sustentava minha cabeça cansada. Aïssatou baixou os olhos. Ela ouvia o ranger de minhas entranhas. A gravidade de seu ato não lhe escapava em minha situação de viúva recente que sucedeu meu estado de abandonada. Na comparação entre minhas filhas, tirando

Daba, ela era a mais velha. A mais velha devia ser exemplar... meus dentes batiam de raiva...

Recordando, como uma tábua de salvação, da atitude doce e consoladora de minha filha durante minha aflição, em meus longos anos de solidão, dominei minha perturbação. Recorri a Deus, como em cada drama da minha vida. Quem decide sobre morte e nascimento? Deus! Todo-Poderoso.

E, afinal, somos mães para compreender o inexplicável. Somos mães para iluminar as trevas. Somos mães para a ninhada, quando os relâmpagos riscam a noite, quando o trovão viola a terra, quando a lama nos afunda. Somos mães para amar, sem início nem fim.

Fazer do meu ser um muro de proteção entre todos os obstáculos e minha filha. Eu mensurava nesse instante de confronto tudo o que me ligava à minha filha. O cordão umbilical se reanimava, ligação indestrutível sob a avalanche de ataques e a duração do tempo. Eu a via novamente, recém-saída dos meus flancos, inquieta em suas fraldas cor-de-rosa, seu pequeno rosto amassado abaixo dos cabelos sedosos. Eu não podia abandoná-la, como mandava o orgulho. Sua vida e seu futuro constituíam uma questão potente que demolia os tabus e impunham ao meu coração e à minha razão sua superioridade sobre tudo. A vida que pulsava dentro dela me questionava. Fervilhava para florescer. Ela vibrava por proteção.

Fui eu que não estive à altura. Repleta de otimismo, eu nada adivinhara do drama em sua consciência, do fervilhar de seu ser, da tormenta de seu pensamento, do milagre que ela portava.

Somos mães para encarar o dilúvio. Diante da vergonha de minha filha, de seu arrependimento sincero, diante de sua dor, de sua angústia, deveria eu ameaçá-la?

Peguei minha filha nos braços. Abracei-a dolorosamente, com uma força multiplicada por dez, feita de revolta pagã e ternura primitiva. Ela chorava. Ela soluçava.

Como ela pôde, sozinha, conviver com esse segredo? O esforço e a maestria empregados por essa criança para escapar da minha raiva me traumatizavam, quando a vertigem a dominava ou quando ela me substituía com minha turbulenta tropa de filhos. Eu estava mal. Choramingava. Sentia uma dor profunda.

Um esforço sobre-humano me restabeleceu. Coragem! As sombras foram desaparecendo. Coragem! As luzes se uniam numa claridade reconfortante. Minha decisão de ajudar e proteger emergia do tumulto. Ficou mais forte à medida que eu enxugava as lágrimas, à medida que acariciava sua testa ardente.

Amanhã mesmo a pequena Aïssatou irá ao médico.

Farmata ficou surpresa. Ela esperava lamentações: eu sorria. Ela queria reprimendas veementes: eu consolava. Ela desejava ameaças: eu perdoava.

Decididamente, ela nunca sabe o que esperar de mim. Cobrir uma pecadora de atenção era demais para ela. Ela sonhava com festas de casamento suntuosas para Aïssatou, que compensariam minhas pobres núpcias, quando ela era uma menina e já grudava em meus passos como uma sombra. Ela costumava glorificar você, Aïssatou, dizer que você daria muito dinheiro no futuro casamento de sua homônima. A história do Fiat abri-lhe o apetite e ela atribuiu a você uma fortuna fabulosa. Ela sonhava com festas e, vejam só, a menina foi se entregar a um jovem estudante sem dinheiro, que jamais a compensará. Ela reprovava minha calma.

— Você tem outras filhas. Adote uma atitude que possa manter. Você vai ver. Se Aïssatou foi quem fez "isso", eu me pergunto o que seu trio de fumantes fará. Cubra sua filha de carinhos, Ramatoulaye. Você vai ver só.

Vou ver se chamo Ibrahima Sall aqui amanhã.

26

Ibrahima Sall entrou no meu quarto na hora combinada. Sua pontualidade me agradou.

Alto, vestido de maneira simples. Um conjunto charmoso no geral. Mas olhos marcadamente bonitos, aveludados, ternos, emoldurados por longos cílios. Aqueles cílios cairiam bem em um rosto feminino... o sorriso também. Meu olhar se fixou em sua dentição. Nenhuma separação traiçoeira. Ibrahima Sall encarnava bem a figura do jovem sedutor, com uma nota de desenvoltura. Ele me agradou e constatei com alívio sua limpeza: cabelos curtos penteados, unhas cortadas, calçados engraxados. Tudo indicava que era um homem ordeiro e sem artimanhas.

Eu o havia convocado, mas foi ele quem tomou a frente em nossa conversa.

— Muitas vezes desejei provocar esta conversa para contar-lhe. Eu sei o que uma filha representa para sua mãe e Aïssatou me falou tanto de você, dos laços de vocês, que acredito já conhecê-la. Não sou um aventureiro. Sua filha é meu primeiro amor. E desejo que seja o único. Eu lamento o que aconteceu. Vou me casar com Aïssatou se a senhora estiver de acordo. Minha mãe cuidará da criança. Nós continuaremos nossos estudos.

E ali estava resumido e bem dito tudo o que eu desejava escutar. O que responder? Aderir facilmente às suas propostas? Farmata, presente à reunião, se mantinha atenta.

Ela o provocou:

— Você é mesmo o primeiro?

— Sim — afirmou Iba Sall.

— Então, avise sua mãe. Nós iremos ou eu irei vê-la amanhã para contar seu plano a ela. Que ela economize muito dinheiro para compensar minha sobrinha. Será que você não podia esperar ter uma situação melhor antes de começar a correr atrás de meninas?

Ibrahima Sall aceitou as observações da griô sem ficar nervoso. Talvez ele a conhecesse de nome e de caráter para lhe oferecer um silêncio tão educado.

Minhas preocupações eram de ordem diferente daquelas de Farmata. Estávamos no meio do ano letivo. Como evitar a expulsão de minha filha!?

Compartilhei meus receios com Iba Sall. Ele também havia pensado nisso. A criança nasceria em plenas férias. O essencial seria não entrar em pânico, deixar os meses correrem, vestir Aïssatou com vestidos largos. Quando estivessem de volta das férias, o bebê teria dois meses. Aïssatou acabaria o último ano. Após o término, o casamento.

O namorado de minha filha raciocinava e me fazia pensar na clareza de pensamento de Daba.

Ele, Ibrahima Sall, não corria risco de ser expulso da universidade. E, mesmo se fosse apenas um colegial, quem poderia relatar ao estabelecimento sua situação de futuro pai? Nada em sua apresentação mudaria. Ele continuaria "reto"... no entanto, o ventre arredondado de minha filha seria acusador.

Que lei clemente virá em socorro das estudantes faltosas, cujas longas férias não camuflam seu estado?

Não acrescentei nada a tanta organização. Naquele momento, eu sentia minha filha se destacar do meu ser, como se eu a colocasse no mundo novamente. Ela não estava mais sob minha proteção. Ela estava mais ligada a seu namorado. Uma nova família nascia diante dos meus olhos.

Aceitei meu papel subalterno. É preciso que o fruto maduro caia da árvore.

Que Deus facilite a essa criança os novos rumos de sua vida.

Mas, que caminho, mesmo assim!

27

Aïssatou, os hábitos tranquilizadores voltam à ordem do dia. Sob minha roupa preta, o batimento monótono do meu coração. Como eu amo escutar esse ritmo lento! Um novo elemento está tentando entrar na família.

Ibrahima Sall passa em casa todos os dias e tenta dar a cada um de nós o que pode. A Mawdo Fall, ele traz sua lógica e sua clareza nas discussões sobre os temas de dissertações. A Oumar e Ousmane, ele oferece chocolates regularmente. Não hesita em se intrometer nas brincadeiras de Malick e Alioune, que trocaram a rua pelo meu quintal.

O braço de Malick ainda está engessado. Que sua perna, que não larga a bola um minuto, não se quebre dessa vez.

Mas o trio (Arame, Yacine e Dieynaba) se recusa a endossar essa “intrusão”. O trio o cumprimenta com cortesia, mas sem entusiasmo. O trio é hostil aos convites dele. Elas se ressentem da irmã por ter sido capaz de...

Ibrahima Sall acompanha Aïssatou de perto nas lições e

nos deveres. Ele deseja de coração o sucesso da namorada. Não quer ser a causa de qualquer atraso. As notas de Aïssatou aumentam: há males que vem para bem!

Farmata aceita mal Ibrahima Sall, que ela qualifica como "atrevido" e "sem-vergonha". Ela nunca perde a ocasião de lançar a ele: "Onde já se viu um estranho desamarrar uma cabra de casa?"

Ibrahima Sall, imperturbável, tenta se adaptar. Ele procura minha companhia, discute o noticiário comigo, às vezes traz jornais e frutas para mim. Seus pais, informados pela vigilante Farmata, passam também para nos ver e perguntam da saúde de Aïssatou. E os hábitos tranquilizadores voltam à ordem do dia.

Eu invejo você por ter colocado apenas meninos no mundo! Você ignora os transes que me dominam com os problemas de minhas filhas.

Finalmente decido enfrentar questões de educação sexual. Aïssatou, sua homônima, me surpreendeu. Começo a tomar desde já minhas precauções. Eu me dirijo ao trio, as gêmeas são muito jovens ainda.

Hesitei por muito tempo! Eu não queria armar minhas filhas oferecendo-lhes imunidade ao prazer. O mundo está do avesso. As mães de antigamente ensinavam a castidade. Suas vozes autoritárias estigmatizavam qualquer "errância" extraconjugal.

As mães modernas preferem os "jogos proibidos". Elas agem para a redução dos danos; ou melhor, para a prevenção deles. Elas removem todos os espinhos, todas as pedras que impedem o progresso de seus filhos na conquista de todas as liberdades! Eu me submeto dolorosamente a essa exigência.

Insisto para que minhas filhas tomem consciência do valor de seu corpo. Insisto sobre o significado sublime do ato sexual, uma expressão de amor. A existência dos métodos contraceptivos não deve levar a um alvoroço de desejos e de instintos. É por seu controle, por sua racionalidade, por sua escolha, por sua capacidade de afeto que o indivíduo se distingue do animal.

Cada mulher faz de sua vida o que deseja. A vida de uma mulher dissoluta é incompatível com a moralidade. O que extraímos dos prazeres? Envelhecimento precoce e degradação, sem dúvida, reforcei ainda.

Minhas palavras pouco chegaram às minhas ouvintes. Do público, eu era a mais vulnerável. Nenhuma surpresa se estampou no olhar do trio. Minhas frases enfatizadas não suscitaram um interesse particular. Eu parecia arrombar uma porta aberta.

Talvez o trio já soubesse... Um longo silêncio... E o trio desapareceu...

Soltei um "ufa" de alívio. Foi como se eu visse a luz depois de um longo percurso em um túnel estreito.

28

Até amanhã, minha amiga.

Teremos tempo para nós, Aïssatou, tanto mais porque agora eu obtive o prolongamento de minha licença por viuvez.

Eu refleti. Esse volteio de minha mente não a surpreendeu... Eu não posso deixar de contar a você. Melhor resumir aqui.

As correntes irreversíveis de liberação da mulher, que açoitam o mundo, não me deixam indiferente. Essa agitação, que viola todos as áreas, revela e ilustra a nossa capacidade.

Meu coração se alegra toda vez que uma mulher sai das sombras. Sei que as conquistas são um terreno movediço, a sobrevivência das conquistas é difícil: os constrangimentos sociais se acumulam e o egoísmo masculino resiste.

Instrumentos para uns; iscas, para outros; respeitadas ou menosprezadas, frequentemente amordaçadas, todas as mulheres têm quase o mesmo destino que as religiões ou legislações abusivas cimentaram.

Minhas reflexões me orientam sobre os problemas da vida. Analiso as decisões que determinam nosso futuro. Amplio minha opinião ao tomar conhecimento da atualidade mundial.

Continuo convicta da inevitável e necessária complementaridade entre o homem e a mulher.

O amor, por mais imperfeito que seja em conteúdo e expressão, continua a ser a junção natural entre esses dois seres.

Amar-se! Se cada parceiro pudesse sinceramente se oferecer ao outro! Se tentasse se fundir ao outro! Se assumisse seus sucessos e fracassos! Se realçasse suas qualidades em vez de esconder seus defeitos! Se reprimisse as más inclinações sem insistir nelas! Se atravessasse os esconderijos mais secretos para evitar as fraquezas e amparar, curando, os males silenciados!

É da harmonia do casal que nasce o sucesso familiar, assim como o arranjo de múltiplos instrumentos cria uma sinfonia agradável.

A nação se constitui de todas as famílias, ricas ou pobres, unidas ou desfeitas, conscientes ou impensadas. O sucesso de uma nação passa, portanto, irremediavelmente pela família.

. : .

Por que seus filhos não vêm com você? Ah! Os estudos...

Assim, amanhã eu te verei de *tailleur* ou de vestido? Eu apostei com Daba: *tailleur*. Habituada a viver longe daqui, você desejará — eu aposto novamente com Daba — mesa, guardanapo, cadeira, garfo.

Mais cômodo, você dirá. Mas não vou acompanhá-la nisso. Vou estender uma esteira. Sobre ela, a grande tigela fumegante de onde você suportará que outras mãos se sirvam.

Sob a carapaça que a enrijece há tanto anos, sob sua careta cética, sob seu comportamento casual, talvez eu sinta você vibrar. Gostaria tanto de ouvir você desacelerar ou alimentar meus impulsos, como antes, e vê-la participar da minha busca por um caminho.

Já avisei a você, não desisto de tentar recomeçar minha vida. Apesar de tudo — das decepções e humilhações — a esperança me habita. A planta verde brota do húmus sujo e nauseabundo e sinto novos brotos germinando dentro de mim.

A palavra felicidade reveste alguma coisa, não? Vou atrás dela. Pior para mim se tiver de escrever a você novamente uma carta tão longa...

Ramatoulaye

Sobre a autora

Mariama Bâ era senegalesa e nasceu em 1929. Órfã de mãe, recebeu de seus avós educação tradicional e religiosa em sua infância. Alguns anos depois foi encorajada por seu pai, na época Ministro da Saúde, e por uma diretora de escola a seguir os estudos e passou no concurso da Escola Normal.

Mariama Bâ lecionou por doze anos. Mãe de nove crianças, divorciada e depois casada novamente, se engajou na militância associativa. Lutadora contra a sociedade de castas e a poligamia, ela reivindicou uma educação para todos e direitos verdadeiros para as mulheres.

Ela faleceu em 1981, dois anos após a publicação de seu romance, *Uma carta tão longa*, e na véspera da publicação de seu segundo romance, *Le Chant écarlate*. Com essas duas obras, ela se impôs como uma voz incontornável da literatura africana.

Este livro foi composto
pelas fontes Fedra Serif e
The Antiqua e impresso em
julho de 2023
pela Gráfica Expressão e Arte
em Offset 90g (miolo)
e Cartão Supremo 250g (capa).